imaginist

想象另一种可能

理想国
imaginist

鳄鱼手记
邱妙津 著

北京日报出版社

第一手记 001。第二手记 031。第三手记 059。第四手记 089。第五手记 117。第六手记 149。第七手记 183。第八手记 217。附录 255。

目次

第一手记

1

公元一九九一年七月二十日从教务处注册组的窗口领到大学毕业证书，证书太大，用两手抓着，走在校园里掉了两次，一次落在路旁的泥泞，用衣服擦干净，另一次被风吹走，我在后面不好意思地追逐，它的四个角都折到。心里忍住不能偷笑。

"你过来时能不能顺便带一些玩具过来？"鳄鱼说。

"好啊，我带来我亲手缝制的内衣好了。"太宰治说。

"我送给你全世界最华丽的画框，可以吗？"三岛由纪夫说。

"我把我早稻田的毕业证书影印一百份贴在你的厕所。"村上春树说。

就从这里开始。奏乐（选的是《两只老虎》结束时的音效）。不管学生证和图书证没交回，原本真遗失，十九日收到无名氏挂号寄回，变成谎报遗失，真无辜，不得不继续利用证件"方便行事"。也不管考驾照的事了，虽然考了第四次还没考过，但其中可有两次是非人为因素，况且我对外（或是社会）宣称的是两次失败的记录。不管不管……

把门窗都锁紧，申话拿开，坐下来。这就是写作。写累了，抽两根烟，进浴室洗冷水澡，台风天风狂雨骤，脱掉上半身的衣服，发现没香皂，赶紧再穿好衣服，到房里拿一块"快乐"香皂，回去继续洗。这是写"畅销"作品。

边听深夜一点的电台，边抹着香皂，一声轰响，电厂爆炸，周围静寂漆黑，全面停电，没有其他人在，我光着身子出浴室找蜡烛，唯一的打火机临时缺油，将三个小圆柱连身的烛台拿进厨房，中间踢倒电风扇，用瓦斯炉点火，结果铜的烛台烧熔而蜡烛还没点燃。无计可施，打开门走到阳台上乘凉，希望也能看到光着身子走出阳台的其他人类。这是写"严肃"作品。

如果既不畅销又不严肃，那就只好耸动了。一字五角钱。

这是关于毕业证书和写作。

2

从前，我相信每个男人一生中在深处都会有一个关于女人的"原型"，他最爱的就是那个像他"原型"的女人。虽然我是个女人，但是我深处的"原型"也是关于女人。一个"原型"的女人，如高峰冰寒地冻濒死之际升起最美的幻觉般，潜进我的现实又逸出。我相信这就是人生绝美的"原型"，如此相信四年。花去全部对生命最勇敢也最诚实的大学时代，只相信这件事。

如今，不再相信，这件事只变成一幅街头画家的即兴之作，挂在我墙上的小壁画。当我轻飘飘地开始不——再——相——信，我就开始慢慢遗忘，以低廉的价钱变卖满屋珍贵的收藏。也恍然明白，可以把它记下了，记忆之壶马上就要空，恐怕睡个觉起来，连变卖的价目单都会不知塞到哪儿。

像双面胶，背面黏上的是"不信"，同时正面随着黏来"残忍的斧头"。有一天，我如同首次写成自己的名字一样，认识了"残忍"：残忍其实是像仁慈一样，真实地存在这个世界上，恶也和善具有同等的地位，残忍和恶只是自然，它们对这个世界掌握一半的有用和有力。所以关于命运的残忍，我只要更残忍，就会如庖丁解牛。

挥动残忍的斧头——对生命残忍、对自己残忍、对别人残忍。这是符合动物本能、伦理学、美学、形而上学，四位一体的支点。二十二岁逗点。

3

水伶。温州街。法式面包店门口的白长椅。74路公交车。

坐在公交车的尾端,隔着走道,我和水伶分坐两边各缺外侧的位置。十二月的寒气雾湿车内紧闭的窗墙,台北傍晚早已被漆黑吞食的六点,车缓速在和平东路上移行,盆地形的城里上缘,天边交界的底层,熨着纤维状的橙红,环成光耀的色层,被神异性的自然视景所震撼的幸福,流离在窗间,流向车后车流里。

疲惫沉默的人,站满走道,茫然木立的,低头瘫靠座位旁的,隔着乘客间外套的隙缝,我小心地穿望她,以压平激动不带特殊情感的表情。

"你有没有看到窗外?"我修饰我的声音问她。

"嗯。"微弱如羽絮的回声。

一切如抽空声音后,轻轻流荡的画面,我和水伶坐在双人座的密闭车内,车外辉煌的街景、夜晚扭动的人影,华丽而静抑地流过我们两旁的窗玻璃。我们满足,相视微笑,底下盲动着生之黑色脉矿,苦涩不知。

4

一九八七年我摆脱令人诅咒的联考制度，进入大学。在这个城市，人们活着只为了被制成考试和赚钱的罐头，但十八岁的我，在高级罐头工厂考试类的生产线上，也已经被加工了三年，虽然里面全是腐肉。

秋天十月起住进温州街，一家统一超商隔壁的公寓二楼。二房东是一对大学毕业几年的年轻夫妻，他们把四个房间之中，一个临巷有大窗的房间分给我，我对门的另一间租给一对姊妹。年轻夫妻经常在我到客厅看电视时，彼此轻搂着坐靠在咖啡色沙发上，"我们可是大四就结婚的哦。"他们微笑着对我说，但平日两人却绝少说一句话。姊妹整晚都在房间里看另一台电视，经过她们门外传来的是热络的交谈，但对于屋里的其他居民，除非必要，绝不会多看一眼，自在地进出，我们仿佛不存在。所以，五个居民，住在四房一厅的一大层屋里，却安静得像"哑巴公寓"。

我独居。昼伏夜出。深夜十二点起床，骑赭红色捷安特脚踏车到附近夜市里买些干面、肉羹或者春卷之类，回到住处边吃边看书，洗澡洗衣服，屋内不再有人声和灯光。写一整夜日记或阅读，着迷于齐克果和叔本华，贪看呻吟灵魂的各类书，也搜集各色"党外"周刊,研究离灵魂最远的政治闹剧的游戏逻辑,它产生的疏离效果,稍稍能缓和高速旋入精神的力量。清晨六七点天亮,像见不得光亮的夜鼠,把发烫的脑袋藏到棉被里。

状况佳是如此。但大部分时候,都是整晚没吃任何一顿,没洗澡,起不了床,连写日记与自己说话、翻几页书获得一点人的声音,都做不到,终日里在棉被里流淌蓝色和红色的眼泪,睡眠也奢侈。

不要任何人。没有用。没必要。会伤害自己和犯罪。

家是那张蓝皮的金融卡,没必要回家。大学暂时提供我某种职业,免于被社会和生活责任的框架压垮,只要当成简陋的舞台,上紧发条随着大众敲敲打打,做不卖力会受惩的假面演出,它是制造垃圾的空荡荡建筑物,奇怪的建筑,强迫我的身体走进去却拒绝我的灵魂,并且人们不知道或不愿承认,更可怕。两个"构造物",每天如此具体地在那儿,主要构成我地供人辨识,也不断地蠕动着向我索求,但其实抽象名词比不上隔壁的统一超商更构成我。

不看报。不看电视。除必点名的体育课外不上课。不与过往结识的人类做任何联络。不与共同居住的人类说话。唯一说话的时刻是:每天傍晚或中午到辩论社,去做孔雀梳刷羽毛的交际练习功课。

太早就知道自己是只天生丽质的孔雀,难自弃,再如何懒惰都要常常梳刷羽毛。因为拥有绚丽的羽毛，经常忍不住要去照众人这面镜子，难以自拔沉迷于孔雀的交际舞，就是这么回事，这是基本坏癖之一。

但，却是个没有活生生众人的世界。咱们说，要训练自己建造出自给自足的封闭系统，要习惯"所谓的世界就是个人"这么样奇怪知觉的我，要在别人所谓的世界面前做淋漓尽致的演出。

因为时间在，要用无聊跑过去。英文说 run through，更贴切。

5

所以她对我犯罪，用从前的话说是"该被我处死"，用后来的话就是逼我发生"结构性的革命"。水伶。我牺牲了仅剩存活的可能性，之后之外的，就是不堪的更不堪的更不堪的……被除数愈除愈小，但永远除不尽，除式已然成立。

当一九八七年十月的某天，我骑捷安特在椰林大道上掠过一个身影，同时记起当天是那个身影的生日时，全部的悲哀和恐惧就都汇进我的存款簿了。我隐约知道，存款簿的数字跳号了，强力拒绝，只能如此，以为可以把存款簿送回。

她刚好满二十岁，我过十八岁五个月。她和几个她的高中同学走过，只瞥到侧影，但关于她的沉睡意义，瞬时全醒活过来，我甚至能在车遗落她们很远后，还仿佛看得到她的雀跃表情，以及如针般地感受到她势必会惹人宠爱呵护而流出孩子般无瑕满足的心情。

即使至今，我仍然要因她这种天生势必会惹人宠爱呵护的美质，而势必要旁观寂寞。她总是来不及接触较多一点的人，因为她原本周围的人已用手臂和眼睛紧裹住她，使她无须更多也不用选择，已经喘不过气来被钉在那里了。所以当我在她周围时，我势必会拼命裹紧她；不在周围时，也就怎么都挤不到她身边，扳不开别人，她更是没办法自动挤出来。这是基本定理。她天赋如此。

隔了整年高三没看过她，小心闪躲，绝不能主动打招呼，又渴望在人群里被她认出。高一届的高中学姊，危险黑桃级的人物，洗过一次牌又抽中，更危险。

6

到中文系旁听"文学概论"的课，大教室挤满人，我迟到，搬一张椅子，高举过讲台，如绵羊般坐在讲台边缘第一排。女教授暂停讲课，让路给我，其他绵羊们也仰头观赏我的特技。

接近下课，后面递来一张纸条："下课后我可以跟你说话吗？水伶。"是她选中我的。我常这么想。即使换了不同的时空，她还会选中我。她瑟缩在人群间，饥荒的贫瘦使她怕被任何人发现，躲在羞怯畏生的眼珠后面沉睡，我一出现，她就走出来了，坚定地用手指一指："我要这个"，露出小孩贪心的不好意思微笑。我被带走，无可拒绝地，像一盆被顾客买走的向日葵。

已是个韵味成熟的美丽女人了呵，炉火纯青。她站定在我面前，拂动额前的波浪长发，我心中霎时像被刺上她新韵味的刺青，一片炙烧的辣痛。她女性美的魅力无限膨胀，击出重拳将我击到擂台下。从此不再平等，我在擂台下，眼看着另一个她眼里的我在擂台上被她加冕。怎么也爬不上去。

"怎么会在这里？"她完全不讲话，没半点尴尬，我只好因紧张先开口。

"转系过来补修的课吗？"她不敢抬头看我，脚底磨着走廊地板，不说话，仿佛讲话的责任与她无关。

"你怎么知道我转系的呢？！"她突然失去沉默的控制叫了出来，眼里闪着惊异的神光，明显出色的大眼，圆睁着注视我，我终得以看进她眼里。

"自然就会知道啊!"我不愿告诉她对她消息的注意。"你可终于说话了。"我松了口气说。她带点腼腆开心地笑,我也哈哈大笑。能逗她笑使我安慰,她如银质般的笑容,像夕阳轻洒的黄金海岸。

她说我一走进教室,她就开始坐立难安,想和我说话,说什么她也不知道。我指指她鞋带,她弯蹲,小心地绑鞋带。可是见到我,又什么都说不出来,就不想说什么了,只是站在那里。她把紫色布背包甩向背后,蹲在地上反而开始说。突然想去抚摸她背上的长发,很柔顺。你当然什么都不知道,我一切都了解,心里在告诉她。代替伸手摘过来她的背包,隐约幸福接近的重量感,希望她一直蹲着绑鞋带。

下课六点,校园已黑影幢幢,夜风飕飕,各牵着脚踏车并走,宽阔干净的大道上,和缓具节奏的一对脚步声,流利地趸过。不知是我跟着她走,还是她跟着我走。相隔一年,两人都怀着既亲切又陌生的暧昧气氛,节制地在沉默里对峙着。

"怎么会跑来跟我说话的?"我藏起心里的知道太多,做按部就班的询问。

"为什么不跟你说话?"她轻微负气地反问我。夜色一掩上脸,我不用看她的脸,听到她的第一句话,就知道这大学的一年,她受苦了,回答里我听出她独特的忧郁声质。我总是知道她太多。

"我只是一个你见过三次面的学妹啊!"我几乎惊呼。

"才不是。"她用十分肯定的语气说,像对自己说。

"不怕我忘记你了,懒得跟你说话?"我看着她随风轻飘的长裙。

"我知道你不会。"还是那么肯定,仿佛所有关于我的理解都如铁石。

走到校门口,不约而同地停下步。她略微请求地问我,可否去看看我的住处,语态里是自然流露对亲人的关心,如柔韧的布,里面的软度使我心痛,如果水要流向我,我拿什么阻截?她天生就会对我如此,根本无须情节。我带她走向新生南路,回温州街。

"这一年过得好不好?"我试着打开她忧郁的封缄。

"不想说。"她紧紧闭上眼,难以察觉地无声轻叹,抬头看茫然。

"是不想对我说吗?"我把她推到马路外边,交换位置,担心她被车撞。

"不想对任何人说。"她摇头。

"怎么会变成这样?"我心底不忍听到这类与她完全不搭称的话。

"对。我变了。"她转而睁亮眼,骄傲而含凶气地说,更像宣告。

"那变成怎么样呢?"觉得她的话孩子气,好笑着想逗她。

"就是变了。跟高中的我不同。"凶气更重,话里是在对自己狠心。

听着她斩钉截铁地敲着"变了"两个字,着实悲凉。新生南路上慷慨的路灯,铺张黄金的辉煌。沿着校区外的红砖道慢走,扶着长排铁栏杆的校墙,左手边是高阔的耀亮的街道,右手边是无际漆黑森森的校区,华丽的苍寂感,油然淋漓。没什么是不会"变了"的,你了解吗?心里说。

"你算算看那栋大楼有几家的灯亮了。"我指着交叉口上一栋新大厦。

"嗯,五个窗户亮着,才搬进五家欸。"她高兴地说。

"以后看看变成几家。会永远记得几家吗?"我自己问,自己点头。

7

第一个学期,她是我唯一对外呼吸的管道。我拥有一种犯罪的秘密约会,约会的对象并不知是在约会。我对自己否认,否认她在我生活里的事实,甚至否认那条虚线,把我们俩拉上犯罪关系的虚线,它早已被我特殊的眼睛看出。这只特殊的眼睛在我青春期的某一刻张开后,我的头发快速萎白,眼前的人生偷换成一张悲惨的地狱图。所以当我还没成年时,我就决定要无——限——温——柔,成为这一个人。把自己和这只眼睛关进去暗室。

每个星期天夜晚,我都被迫想起她,像讨厌的作业:必须下决心不再去上"文学概论"。每个星期一昏睡整天,到了接近三点,却会自然醒来,骑着捷安特赶到教室。每个星期一的傍晚下课,水伶都会自然地跟我回温州街,宛如她回家的必经之途,然后我陪她等74路公交车,在法式面包店的长椅上,等待。秘密约会的形式,简单而式样整齐,清淡是高级犯罪的手法,一边贿赂巡防的警署,一边又任犯罪意欲在蜜糖培养皿中贪婪滋长。

其他时间,没有任何关联,我也不想到她。她是星期一的幽灵。星期一,我亡灵的祭典,她带着玫瑰来祭我。披一身白纱,裸足飘来,舞着原始爱欲的舞蹈,闭眼,醉心迷狂,玫瑰洒满旷野。她在祭我,她并不知。每周一束玫瑰,在玫瑰身上,我仿佛看到自己还活着,鲜活可以轻跃去取走玫瑰的,但总有玻璃挡在前面,伸手是反射的映像。星期一结束,玻璃的映像是更厚的玻璃。

温州街的小房间。枣红色雅致的壁纸和黄色的窗帘。到底和她在那里说了些什么?木床放置在地板,她坐在床尾,与衣橱紧夹的缝隙间,背对着我,极少说话。我说很多,大部分的时间都说话,什么都说,说过去惨不忍睹的遭遇,说我记忆中纠缠不放的人物,说自己复杂、古怪。她玩弄手中的任何东西,不以为然地抬头,问我怎么复杂、怎么古怪。她接受我,等于否定我否定的我,纯真如明镜的眼神伤害我,但她接受我。我自暴自弃说你不懂,每隔三句话说一次,逃避她的接受。她眼里泛着更深更透亮的光,像海洋,勇敢地注视我,安静仿佛没必要说一句话。不会了解的。她相信她懂。无论如何,她接受我——多年后,知道这是重点。

眼睛,也是支点,把我整具骷髅骨架撑起来,渴望睡进去她海洋般的眼。这个象征此后分分秒秒烧烤着我。眼睛支撑起我与世界之间的桥。红字般的罪孽与摒弃的印记,海洋的渴望。

8

我是一个会爱女人的女人。眼泪汩汩泉源,像蛋蜜涂满脸。

时间浸在眼泪里。全世界都爱我,没有用,自己恨自己。人类把刺刀插进婴儿的胸脯,父亲生下女儿又把她拖进厕所强暴,没有双脚的侏儒趴在天桥上供人照相然后活下去,精神病院里天生没办法控制意识的人受着幻觉、自杀欲望的折磨。世界怎么能这么残忍,一个人还那么小,却必须体会到莫名其妙的感觉:"你早已被世界抛弃",强迫把"你活着就是罪恶"的判刑塞给他。然后世界以原来的面目运转宛如没任何事发生,规定他以幸福人的微笑出现:免除被刺刀插进胸脯、被强暴,也不用趴在天桥上和关在精神病院,没有任何人知道你的灾难,世界早已狡猾地逃脱掉它肇祸的责任。只有你自己知道你被某种东西钉死,你将永远活在某种感觉里,任何人任何办法都没有用,在那里面只有你自己,那种东西把你和其他人类都隔开,无期的监禁。并且,人类说我是最幸福的,我脖子上挂满最高级的幸福名牌,如果我不对着镜头做满足式的表情,他们会伤心。

水伶不要再敲我的门了。你不知我的内心有多黑暗。我根本不知道我到底是谁,隐约有个模糊的我像浮水印在前面等我,可是我不要向前走，我不要成为我自己。我知道谜底，可是我不要看到它被揭开。从我看到你的第一眼，我明白我会爱你，像狂兽像烈焰的爱，但不准，这事不能发生，会山崩地裂，我会血肉模糊。你将成为开启我成为我自己的钥匙，那个打开的点，恐惧将滂沱滚打在我身上，我所自恨的我也将除去我，这个肉身里的我。

她不明白。不明白她会爱上我，或她正在爱着我。不明白我温驯羊毛后面是只饥饿的狂兽，抑制将她撕碎的冲动。不明白一切的一切都是爱的交易。不明白她使我受苦。不明白有爱这种东西。

她送给我一盒拼图。耐心地一块一块把我拼出来。

9

"下个礼拜我不去上'文概'了，下下礼拜再去上。"我说。

晚上七点我和水伶同搭 74 路公交车，她回家我到长春路家教。我们并坐在双人座，她靠窗，我在外。她围白色围巾，窗户推开一半，头倚靠窗上，抖缩着身体，眼睛注视窗外黑茫茫中的定点，无限寂寞，相隔遥远。

"好啊。"她以意兴阑珊的失望声音回答我。我想逃走,她知道。

"你不问我为什么?"我内疚。不要她寂寞。

"好。为什么?"她转过头,掩饰受伤的自尊,高傲地问。

"不想跟任何人有固定的关联。习惯每个礼拜都会看到你,怕被这个习惯绑住,要打破坏习惯。"我心虚地说。

"好啊。随便你。"她又转头回去。

"在生我的气?"心疼她。

"对。你自私。"她背着我。窗玻璃映出她黯然的落寞表情。

"怎么自私?"我企图让她说出委屈。逼她说话很困难。

"你不要这个……坏习惯,那我的习惯怎么办?"她想很久,才生气地说。她从沉默里出来,随便说点什么话,经常对我都是恩宠。

"你有什么习惯?"故意调皮假装不知道。

"你自己知道。"她娇弱的声音一生气,格外惹人怜爱。

"我不知道啊。"她在吐露某些对我超载的情感,我享受得心酸。

"骗人。跟你一样啊……我也习惯每个礼拜都会看到你了呀。"她怯懦地说出。但不是因为她不该有这类感觉,而是说给我听,有女性天生要阻挡表现感情的良心。

"那更不好,不能习惯,等'文概'结束,我们就不会再见面了。"

"为什么不再见面?"她眨眼问,像解不开一题代数。

"没理由见面。更何况,有一天我一定会跑掉,那时候你会更难过。"我用白话版首次说出我对她真正的情感,展现蛮横的力量。

"不懂不懂。随便你。"她受我蛮横的欺负。消极抵抗。

10

《坏痞子》是部电影。不是高达拍的另一部。更年轻的法国片。男主角长得像蜥蜴,和鳄鱼家族血缘相近。剧中其他的男人,若不是胖矮、就是秃头,全是丑陋的老男人,除了挖掉眼睛的男主角弟弟,可能例外。导演是当代的审美大师。

"应该向上,不是向下。"男主角临终时,女主角从背部抱住他,他抗议。此话深得我心。"要做个诚实的孩子很困难。"他闭上眼，继续用腹语说遗言。终于死了，一个老丑男人，从他紧闭的眼眶挤出一颗蓝色的眼珠。天生没办法诚实的蜥蜴，虽然会想把白肚子朝上翻，至死还是必须藏住要给爱人的眼泪。蜥蜴有个好名字，叫"长舌男"。

《忧郁贝蒂》也是部电影。比较能进院线的东西。适合大众的年轻法国片。适合到什么地步呢？颜色只有蓝和黄两种，容易记，除了男女主角两个人外世上没有其他人，时间也乖乖地从头到尾，没有半句困难或长点的对话。任何有眼睛的人，即使色盲也没关系，都可以边抓爆米花边吸可乐，轻松看完。这就是"适合"。

它里面最棒的点是，男女主角的一位朋友听到母亲过世的消息，瘫痪在床上，别人为他换衣服准备回家奔丧，领带打结时拉出画面的是裸女图案的领带，他脸上还流着令人发笑的眼泪。女主角贝蒂说："生命老是在阻挡我。"把自己的眼睛挖掉，被送进精神病院，被用皮带紧紧捆绑在病床上。男主角说："没有任何人能把我们两个分开。"化装成女人潜进医院，用枕头把贝蒂闷死，当时的他脸色青白细腻散发出可怕的女性美。导演是运用狂暴爱情诅咒生命的高手，全部都很"适合"，但在最后一刻，叫生命把爆米花和可乐吐出来。

第一部是恶心的电影。第二部也是恶心的电影。

只差第一部用诚实的方法,从一开始就告诉你它要恶心。第二部用欺骗的方法,它把你骗到不恶心的路上,最后恶心一次倒光。

"恶心就是恶心,该尽量做个诚实的孩子。"坏痞子说。

"谁说的,还是可以常常利用裸女领带逃开的。"忧郁贝蒂说。

11

梦生。这个男人,我到底曾不曾爱过他?这个问题无解。

一九八七年十二月,在淡水镇参加一个文艺营。我在小说组作完自我介绍后,他站起来从第一排走到我位置旁,蹲在走道上,以嬉皮笑脸传达他特别的严肃感。

"我小你一岁。现在在附中。明年会在你的学校和你碰面。刚刚听几句你讲的话,觉得这里只有你还值得说一说话,其他垃圾都让我厌烦,来这里真浪费我的时间。"

这个出语傲慢的人,旁若无人地说着。我心中十分不屑,想作弄他,对他作出迎合的微笑。他蹲久了,径自交互蹲跳起来,自己和自己玩得很开心。那时的他,还是个讲究正常美观的男孩,说男孩并不适当,我闻得出他有特殊弯曲别人的权力,那种东西使他有某种老化的因子在体内窜动,除了嬉皮笑脸的超级本领外,他身上找不到一丝属于男孩的气息。

"搞什么?跩得像只臭鼬鼠一样,有必要吗?"他一路跟着我走出来,别人要跟我说话,他都不客气地挡开。我开始不耐烦。

"臭鼬鼠有什么不好?起码让讨厌的人自动滚开。"

"那你干吗不自己滚开,你出现干吗?"我愈说愈不客气。

"我出现干吗?"他反问自己一遍。"大哉问。"他拍了我肩膀一下,"就是从来都不知道哇。"他嘟下嘴做个无辜的表情。

"我们商量一下好吗?老兄。"我软化,拉他坐下来。

"不是老兄。"他正经地抗议。要用手环住我的肩,我推开。

"好。哥哥。请你不要再一直跟着我,挡住我获得幸福的机会。"

"我比你小。笑话,你这种人根本不会有幸福,这两个字该从你脑里除去。"他轻蔑地说。然后又高兴地在地上翻筋斗。

我马上就明白他跟我是同类人,拥有那只独特的眼睛。且他更纯粹更彻底,在这方面他比我早熟比我优秀。如果可能爱他,也是爱他这种优秀。那年冬天,其实他长得很好看。是个颀长的美少年。

12

一日吧。最后一次"文概"。我依然打算,隔一周才来上课。提前赶到教室,在路上拼命踩快脚踏车踏板,心脏噗噗跳,满坑满谷的话堵在心头,像水泥心头,破不出。她选了个最后的位置,紫色背包垫在单张椅子的台面上,趴着休息,长发悬在半空中。那个阶段,在学校,她不愿跟任何人说话,我知道她孤单,脱离被众多朋友照顾的时代,尝试一个人行走。她动也不动,我站在旁边凝视她的孤单。她适应得很辛苦,我知道,她是不要这种生活。内心激动,亏待她。

"我来啦。"时间快接近上课。我轻唤她。

"哦。"她没抬头,无所谓地应一声。

"不想跟我说话?"我内疚,温柔要溢出来。

"嗯,很累,想睡觉。"她软软地说。还是没敢看我一眼。要拒绝我。

"好。你休息一下。"心像被铅线拉扯,被她不要。用力走到前面坐下。

下课。我站在前面遥遥监看着她,她哪里也不看,轻轻收拾,动作缓慢。一个熟人和我说几句话,转眼她已不见。等我,我有许多话要跟你说。奔出大楼,在横行纵走的脚踏车阵间,逐辆辨认,没有。火速朝平日一起回家的方向搜索,触不到紫色,更火速地往相反方向狂跑。知道太迟了,兜错这么多路,赶不上她,从后门的站牌回家了。不要,我就是要告诉你,不要如此了。

黑夜的雨。愈来愈猛下,衣服裤子都紧贴在肉上,加速度的奔跑,加速度的雨暴风暴,对抗我。袜子糅合成泥布,我可感觉,踩碎一洼洼的积水,腿快糊成泥棒。检查过所有的站牌,拐到另一条街,已跑远了,软身在一支站牌下。真的永远见不到。枯等半个钟头又……

原本今天想要告诉你不要不相见。找不到你也好,还是不再相见。还带给你要的书来借给你的。

发梢滴着雨,眼睛浸痛之中,写完纸条,塞在她脚踏车后座,停在系馆对面的。也好，真的。自动脱落，省力许多。就只绳索松开后，跌坐在地，尴尬难独对。我想念她。罪有应得。

隔天接近中午。进课堂迟到了，不知什么课。同学递过来一封信。

你的书丢掉了。早上要来上体育课，从远处走过来，发现倒掉一大片脚踏车，心里就祈祷心爱的脚踏车不要是其中一辆，愈来愈近愈担心。但，它果然躺在那里，压着别辆脚踏车，也被另一辆压着，身上脏脏的。我赶紧把它扶起来，想用手帕帮它的身体擦干净，心里好想哭，它怎么会被那么不小心的人随便推倒在那里呢？接着又看到它后座，夹着粉红色的广告单，讨厌这俗气的广告单，拿掉后发现你的纸条。没有书，一定是被人偷走了，要告诉你：书丢掉了。

不了解你那么复杂的理由，也不想了解了。说什么不再理我是为我好，说什么早点结束见面是为了减少难过，完全不懂，也拒绝懂。或许你真的认定这样对你比较好，我没话讲，但你有没有考虑过我，我的答案是——对我不好。原本以为，我可以去投奔你的，就是这两个字，我真的是要去"投奔"你的。你是我在这个学校里唯一的亲人，有三次吧，我都陷到某种情绪中，想立即从我所站的地方逃走，冲出这个学校，抓起背包低着头就拼命走，希望一路上都不要看到任何人，走啊走就走到你的楼下，按了铃我才知道我只想看到你，可是你三次都不在。

我很累，坐在你家楼下的台阶，光是坐在那里，就好像离你比较近，感觉得到你在那里，才能够比较有力气一点，回家去。以后就无须按铃了，只要到台阶上坐坐，就很够了。

这些你会知道吗？如果你不要我去投奔你，当然我就没有资格厚着脸皮去。但是，这到底有什么错？

水伶

还记得。收到那封字迹潦草，潦草又飘逸的信，手颤抖不停，读三遍还是不懂在说什么，失去阅读能力。眼睛盯住署名，跳起来，踩脚踏车到她下午上课的课堂，身体飞驰着，字句才流进我脑海，内心热潮涌生。那时，我穿着绿色牛仔裤，午后的阳光把绿色筛亮。

我站在草坪上截住她不让她走过。像傻瓜一样说书没夹在后座。她背过身问我来干吗。我说从——头——开——始。她转过来，海洋流泪。知道是相爱。

13

叫赵传的歌手新唱了一首歌。《男孩看见野玫瑰》。写这本手记时，我从凌晨十二点坐到早上九点，反复听这首歌，带子里其他歌一遍也没听过。算是这章的主题曲——

> 不能抗拒你在风中摇曳的狂野／不能想象你在雨中借故掉的眼泪／你是清晨风中最莫可奈何的那朵玫瑰／永远危险也永远妩媚／你是那年夏天最后最奇幻的那朵玫瑰／如此遥远又如此绝对／男孩看见野玫瑰／荒地上的玫瑰／清早盛开真鲜美／荒地上的玫瑰

这本手记算是第一章。记的是一九八七年十月到一九八八年一月，我的八十页笔记簿，每本很快都要模糊掉了，因为用铅笔记的。根据这十大本日记的材料，要写成八本手册，像图解的幼儿手册，重新用原子笔誊写后，压在抽屉最底层。忘记时，可以随时拿起来看，再复习一遍我成为我的分解动作。它们是连续动作。

唯独这前两本最可怜。它没有日记可以作参照本，只能凭我脑里简单几条记忆之弦，抚弄着奏出复杂的合音。大学四年我丢掉很多东西：有的是正在找停车位时，我就测出那种形状的位置，之前就丢掉的。有的是储存太久被蚂蚁蟑螂化整为零搬走的。有的是年终大扫除时，重新规划车位后，找不到新位置被迫清出的。有的却是为了旧车换新车，贪图折扣时出卖的。

大一整年是完全丢光的一年。她的信全烧了，土褐色精美的日记本送给她，这都是后来的事。她更是遍历这四种我丢掉的方式，最后，丢掉了。由于她，我才知道可以有这么多种丢掉的方法。我曾经是个丢掉狂，因收购她而发病，又因丢掉她治愈，其间丢掉的已经丢掉，不能后悔啰，我不会再丢掉重要的东西，我发誓。

当我用强力胶可以黏紧自己爱丢掉的手时，我已经连大厦管理员都丢掉了。如今化装成考古学专家，梦生竟只剩一片睫毛。

应该是"女孩看见野玫瑰"，梦生会作这样的歌给我。

第二手记

1

像个过度臃肿的魔术袋。所谓的大学生就是被允许在袋子里装进任何东西的特殊阶级。考上大学,你被分发到一个袋子,里面空空,社会上的成人们暂时放你四年假(某些不幸的科系例外,他们被选择一生做社会的栋梁),睁一只眼闭一只眼,允许你在袋子里放进任何东西,只要你保存好大学生的学生证。

大学,这个制度是好的。比死亡制度差点,占第二名。它刚好在社会三大制度(强迫教育,强迫工作和强迫结婚)重叠交接的点上,这三大制度是人类最伟大的发明,三重伟大加乘在一起,反而得以暂时自沉重的伟大性中逃脱。它和死亡都是种类似安全门的逃脱制度,它占第二名的原因是,死亡通到的是太平间,大学却从单绳制度通到天罗地网的社会。并且,死亡是人人平等,大学则从某些人身上刮取不仁道的膏脂,仁道地涂在另一些人身上。

然而。总之。大学生活的魔术袋,可等于,上课+考试+异性的追逐+游乐+赚零用钱+煞有介事地加入社团+旁观社会+鬼混。前面的七项占据醒着时间的百分之八十,虽然努力地试着要讲讲关于那百分之八十的事,但不知怎的,讲来讲去,还是超不出最后一项"鬼混"的范围。我们准备许多工具,打算蒙骗生活本身,都放在臃肿的魔术袋里。

2

一九八八年二月，我独自在温州街的住处，度过大学第一个寒假。

关在房里整个礼拜。吃泡面、踱方步和上厕所。在这三件事之间写一个比现在这个更惹人厌的小说。收到一封邮简，邮简白色封面用红色签字笔画着倒栽裸女叉开的双腿。

想见你。不答复就切一根手指头寄给你。恶魔的新郎梦生。

梦生。这个缠人的家伙，在文艺营遇见他，像某种不祥的阴影，直觉要赶快摆脱他，于是第二天就称病离开淡水，离开时还看他站在远处露出无辜又诡异的笑容。那张笑脸会不经意地掠上我的心头，虽然几个月来没再受此人的干扰，也安慰自己说不会再与他有什么瓜葛了。笑脸就是某种权力的展示，他在向我炫耀他对我具有某种权力，仿佛他可以宰制我。收到邮简，感到害怕，从没对别人产生纯粹宰制关系的害怕，有更进一步的预感：他的眼睛可以自由窥看到我，能对我予取予求。

就不答复。必须抗拒被宰制的预感，也想检查他的实力。第一封信收到后三天，第二封画着一把刀，同样红色系列的小包裹寄到。这次没写住址，显然是直接投到信箱的。拆开，里面是一张信笺，和订书针钉死的小塑胶袋，真有一根瘀紫红渍的萎缩小指头。我身体打冷颤，赶紧骑脚踏车到很远的一条小沟渠，趁无人时把塑胶袋丢掉，心想，我输给他了。信笺上写着：

> 不爱你。只想见到。不答应就周日深夜去强暴你。新郎的新娘梦生。

周日，十点。赶工把小说写完，身体十分疲弱，但必须撑着等到梦生来。说来奇怪，等一个只见过一次面要来强暴我的男性，竟有深刻的熟悉和放心感，并因而期待着。不愿意他到我房间，只有水伶一个人能进来，拖着仿佛肿胀的脑袋和身体，到楼下坐在门口的台阶上，粗细不同的摩托车声擦耳过，我以超乎寻常的敏锐，辨识摩托车声的性格，只能感官不能思考的大脑，突然对这份特殊的安然自在做出一个指示：我的眼睛同样可以自由窥看到他，能对他予取予求。

"投降了吧。坐在这里等多久了？"十二点整，梦生这家伙，骑了辆重型机车弯进巷子，拿掉消音器，噪音使人发狂。白色前身后座上翘的飞车，使他坐在车上闪着更锋利的危险感。危险感，在他的话里能拉成一端是狠毒至极，另一端是温柔至极，只有他能如此。

"你到底想怎样？"我用子弹的语态对付他。明明已了然自己愿意输给他，内心也处在确认相关位置的液态温柔里，却要固化撞开他。

"想怎样？"他又反问自己，像常得咀嚼我的好问题，他摘下菱形墨镜，微笑，真诚地，一闪而过，"想死。"

跟他在一起时。我体内的男性和女性就是最激烈的辩证。他也是，并且他认为是最佳辩证。就是从他这句话展开的。

"带我到别处。"当他说硬的话，我反而变软。他敛起精彩多变的表情，不再说任何一句话，脸像一张平白的纸，垮掉般僵木着，从认识他到此刻，他这式表情使我最安心。车沿着基隆路的高架桥边高速飞驰，桥上序列排队的灯顺桥上升的角度，形成倾斜的黄色光平面，我唱着歌，歌声在速度中破开。

"知不知道我为什么挑上你说话？"他把车停在福和桥下，带我从长满杂草的荒径爬上桥旁的一块斜坡空地，四周无住家，野草蔓生高过人，我摇头。

"我看过你交给文艺营的小说。你是适合跟我一起死的人，就像头上长角，我一眼就看出。"他嘴角浮现恶贼的微笑。

"你错了。没想过死这种东西。"我对他从高度期待掉到失望。"要死干吗还找人一起？俗气。"更觉得把他错估太高。

"不甘心。活着没办法获得关于人的安慰，恨透到哪儿都一个人的感觉,唯独死要反抗,不要带这个东西入土。"

"听起来幼稚。死更是一个人啊,最一个人的,连我对这个东西没多想的人都知道,为什么你反而充满幻想?"

"说幻想太轻易,"他脸上露出不屑的傲慢,"就像死前还拼最后一口气睁开眼做鬼脸一样,花了那么大的代价活着,然后死,难道连做个'不要'的手势这种权利都没有?"

"不要再谈这个话题。我不在你那个点,怎么说都没意义。"我心里有某种阻力,阻止我再继续和他往深处谈。

"基本上,你跟我是一模一样的。"他又展现在淡江时相同的诡异笑容,"只差,你现实主义的倾向比我重,所以比我容易逃开自己,蛮羡慕的。那是可贵的能力。"他仿佛钦佩我到要亲吻我的脚的地步,我觉得有种干苦的可笑感。

"谢谢。"我说。忍不住爆笑。他也被我点燃笑的种子,笑得更夸张。两个都用力笑到肚子痛。我手掌愈来愈用力打他的脸颊,他也摸我的头发愈摸愈快,两人在孩子式的游戏中,释放出绷紧的沉重东西,达到互相谅解的平衡。

"说说你自己吧。"我对他好奇。

"一个完美无瑕的人。家里有钱到可以把钱当垃圾满地撒,我又聪明到无论做什么都很容易就第一。无聊得要死,好像我要做任何事都可以做也都做得到,没有人会阻挡我。小学十二岁的时候,把邻居小女孩的裤子脱了,开始练习把我那玩意儿放进女孩的身体。之后就预感到属于我独特的无聊性在等着我,十四岁加入帮派,离开家整整两年才又回去。追杀别人,自己也常被追杀的日子,是比较刺激一点,但是会害怕来不及想清楚就莫名其妙横死。

"会回家。是受了大震撼。有一天,喝醉酒在宾馆做一个幼齿妓女时,看到她大腿内侧大块的黑色胎记,是十二岁时那个女孩,我叫出她的名字,正要进去,我突然哭号起来,痛彻心肺,她也掉着眼泪光着身体逃出房间。做错事,要被惩罚,就是这种被砍到的感觉。从此回家去,逼自己过最正常的日子,对生命已失去异议的资格了,所以最好的惩罚就是束手就缚,任自己被无聊性抓回去。

"后来,又出现一个我救他一命的男的,和一个'女神'的故事。三年学生生活,我已经轻而易举跳了两次级,把两年流氓日子又补起来。历史太长,累了,下次再讲,好吗?"

他最后的语气虚弱,虚弱中流出清泉般体贴的善意。我对他做个最真诚的微笑点头。报答他对我说这些,是"要报答"的感动。福和桥上车流成高速飞织的火线,离得远看到整座桥,玻璃的金宫。

"手指头哪来的?"我瞪着他问。

"叫从前的弟兄顺便去卸一只来给我的。"他有点不好意思。

3

自从对水伶说了要从——头——开——始后,渴爱的水坝大开。

整个寒假,两人没见面。缓冲着,准备做更大的冲撞。如果我不再躲,放开去对待你之后,你要想躲都躲不了,会掉进水深火热的地狱,写信如此告诉她。即使是水深火热的地狱,也让我掉进去看看吧,我有你想象不到的潜力,她这么回信。帅气,不知天高地厚,最后证明她真的有"潜力",预支的女性之坚强意志。

"前天……是礼拜六吧……嗯……我到新竹找紫明,自己搭中兴号的……"她细细剥茧抽丝般地说,我一点也不敢打断。开学首次碰面,两个人站在文学院的大门廊下,恍若隔世。紫明是她高中最好的朋友。

"看她打梅竹篮赛……嗯,好高兴……很久没那么高兴了。"她转头看我,我听得入神,"她带我去吃很好吃的东西……晚上睡觉，关灯，两个人聊很多……"她斜倚着廊柱，兴奋地注视远方，"隔天……她还帮我洗长发……吹干……"她叙述细节的神情，像个高级鉴赏家在细细品味，"唉，真有点不想回来了。"我问她为什么，她轻叹着说，"告诉自己要尽情地玩，开学回来就要开始不轻松了……"语锋急转直下，漾起微微笑意的酒窝。

牵着脚踏车散步到醉月湖。我说从前曾想过你长大点是什么样子，蛮像的。她问怎么像。我说忧郁一点，然后挺拔，以后哪一天会变成一个挺拔的女人。坐在湖边的椅子上，她悠忽地说着她这一生的变化。

"一下子，就所有人都不见了……你得自己上课，自己走路，自己坐车，自己吃饭，自己回家……不像从前笔记有人帮我抄，家政的毛衣有人帮我织，炊事课只要站在旁边，体育跑完从操场回来有人会扶着我走路，更不用提紫明每天陪我等站牌，替我做任何事，甚至连绑鞋带这种事……大一有些时候，在学校胸口很闷，就到文学院旁的电话亭，打电话到新竹给紫明，可是常常不是宿舍电话打不进去就是没人接……就更难过，眼泪都掉出来……"她眼眶湿红起来，把头埋在紫背包上。

下午。太阳露着。雨开始滴滴答答下起来，雨点愈来愈大，愈打愈急，天空阴云逐渐密布。我张伞要和她一起撑，她推开说想淋雨，我收起伞，两个人坐在白色的双人铁椅上，任雨淋。湖面上急骤的雨点如细箭漫射进无心的平面，风也刮起一波一波冷颤的皱纹。我看她的长发被水胶合，发末端水线沿着脖子滑下，脸更是简约地清丽。

眼镜片上水雾迷蒙，眼眶被水打痛。两人缓缓地走在大雨之中，走在无人大道的正中央，走在人声全息，自然的声音金鸣雷瓦之间。走进温州街绿意葱茏，全身虽湿漉，却同夹道树一样翠绿清新，宛如新生。不要不说话，你沉到哪个忧郁的角落？心里偷唤。

又不吃晚餐，说是浪费时间。她想到温州街的房间坐坐。拿干毛巾要帮她擦发，她说要自己来。缩在床角，腿靠紧侧伸。她想说话，说不想再依赖其他人，觉得自己可以不需要，现在已经很独立，自己能独自做任何事。嘴边有一抹倔强。明白这是她现阶段的课题，毕竟从前她是不曾独自上电影院，没有机会一个人逛街，那样稀罕的玫瑰女孩。说让我不要帮她做任何事，让她自己做，除非，我会一辈子在。尊重她的哀愁，虽然她比别人晚学走路。

接近十点。怎么办，快十点了，她慌张地叫起来。没关系啊，就回家去，我温和地安抚她。怎么办，要回家了，她仿佛没听到。像溺水的人拼命打水，我讶异于她突发的恐慌。怎么办，怎么办，她坐到书桌前，张着无助的眼望向我。如果不想回家就不要回去，我想使她镇静下来。不可能,我一定会回家的,她趴在桌上。我手足无措说,不要回去。不可能,不可能……她哀哀地哭泣起来。我冲动地过去紧紧环抱住她的头。她安静,暖流通过。内心仓皇无比。

4

犯罪的高潮点愈移愈近,我预期着,企划着,害怕着,必须决一死战。

她习惯依靠别人,我容易照顾女孩子。她定时定量上课,我蘸酱油、作秀式上课,下课前到上课前走人。她长发披肩、穿着典雅接近二十四五岁的女性外观,我终年一式淘气模样、老旧牛仔裤估不起十五六岁。

她学校家庭两处做固定的简谐运动,我是白天睡觉夕阳西下就出洞,到处拈惹的花蝴蝶,高速加热的活跃分子。她羞涩内闭拒绝与人交往,我狡猾多变无往不利。

两个人类,互相吸引。因着什么呢?说来难以置信,超乎人们棋盘状的想象力,因着阴阳互生的两性,或某种不可说的魔魅。但人们说是器官结构,阴茎对阴道,胸毛对乳房,胡须对长发。阴茎加胸毛加胡须规定等于阳，阴道加乳房加长发规定等于阴，阳插进阴开锁，宾果滚出孩子。只有宾果声能盖成棋盘格，之外的都去阴去阳视作无性，抛掷在"格线外"的沧浪，也是更广被的"格线间"。人的最大受苦来自人与人间的错待。

约定到我家住宿。对于她像小女孩买到橱窗中心仪已久的洋娃娃。晚上十点，从长春路家教回家，搭74路路经复兴南路，顺便将她捡起。她在站牌挥手，身披大外套侧背洁白水墨画背包，与人私奔去哟。从窗瞧出，根植在家庭里的她，延着细嫩的粉颈要伸进我的窗，想望我那方天空，不知窗里既不能遮阴也没有多余的阳光。

像两颗玻璃晶珠，被74路晃荡到校园。牵捷安特载她，她安安静静地侧坐在后，我踩着韵律性的踏板，唱一首接一首中时期的流行歌，灌溉花木的夜圃，椰林大道骑着一遍遍往返间，愈骑愈宽阔。看不到她的脸，很想看，是月女般皎净的脸吗？《守着阳光守着你》加《野百合也有春天》是高中时的招牌歌，从前最喜欢张艾嘉，唱《最爱》《海上花》《我站在全世界的屋顶》或《她沿着沙滩的边缘走》都可以回忆起她所代表的气氛，《恋曲一九八〇》《爱的箴言》《小妹》是罗大佑歌里最熟的，张艾嘉加罗大佑在我十七岁等于某种粉块，涂成哀伤青春的背景音乐。高中之后，不再记歌名歌者，不再记歌了，你呢？

她说那晚很想抱着我的腰,没敢这么做,很后悔。后来的后来某天说的,容易佚散的小分支编目进记忆的主干。

"你在写什么?"她问。

"日记。"我说。

"日记里写什么?"

"写你来。"

"我来能写什么?"

"要我念给你听吗?"

"好啊。"

"今夜是重要的一夜,某人来,与我共度云雨巫山……"

"好了,我不敢听下去。"

"怕了吧。"

"嗯,怕你了。"

在温州街的房间，我收拾起日记，帮她铺垫被。让她睡在木床上，我躺在十公分的床下旁地板上。

"如果我们一起被关进精神病院，那该多好？"她说。

"是关在同一间吗？"

"不要同一间。"

"为什么？"

"我怕你。"

"怕什么？"

"就是怕。"

"那关一起有什么好？"

"我们可以住在隔壁，床就隔着一堵墙，我就坐在床上跟你讲话，你也坐在床上，然后一直讲一直讲……那有多好哇，都没有别人。"

"那话讲光了怎么办？"

"怎么会讲光？我就敲敲墙说我累了，然后睡觉，睡醒了自然又会有话讲啊。"

"好，你在睡觉我就去写日记，等你睡醒。"

"不可以啦，你不能还有日记，我什么都没有，你只能跟我说话。"

她从床沿掉下半个头跟我说话。我将棉被裹紧身体。你睡在我旁边让我很难受，我说。那就到床上来睡啊，她说。那会更难受，心里说。她顽皮又尝试性地让身体滚下来，落到我被上。头发触我的脸，发香沁我的肺。我使劲抱起她的头，手臂绕到颈下，嘴贴着她的脸吸。她柔顺。笨拙地抱，像黑雨落在白雪地上……

5

《中国时报》上有一篇文章是这么写的：台湾再不采取保护鳄鱼的措施，鳄鱼就要绝迹了。很多读者来信问到底什么是鳄鱼，他们从出生到现在从来没看过鳄鱼。

"喂，是寰宇版吗？"一个读者边查动物百科边打电话。

"唔,对啦。"正吃着鲔鱼三明治的编辑接到。

"鳄鱼到底长什么样子?"

"关于鳄鱼的事,不要再问这版了。"

"哈啰,社会版吗?管鳄鱼的事吧?"

"管啊,我正在试穿鳄鱼牌的衣服,一件一千多块,是这档事吗?"

"总机,帮我转总机,鳄鱼的事到底该问哪一版?"

"不早说,你已经是今天第一百九十九个打来问这个问题的人,本报已全权委托副刊组回答,因为他们愈来愈闲。"

"这里是副刊,你也是问鳄鱼在哪里可以看到吧?"

"不,我连鳄鱼是什么都还不知道哩。"

"我讨厌你。就是有你这样故意不问相同问题的人,才害我不能使用录音回答,必须坐在这里连吃第二十份鳄鱼三明治。"

"我怎么知道要问什么'相同问题'?"

"那你就应该先说'请问什么是相同问题'啊?"

"有道理。那,录音怎么回答?"

"很简单啊,只要录音响一百九十九次——"接着发出"哔"的录音声:"相同问题就是鳄鱼在哪里可以看到——哔——《联合报》副刊组的电话是七六八三八三八——哔——完毕。"

"喂,《联合报》副刊组吗?"

"哔——副刊组人员因电话过多,集体喉咙发炎,以下是电话录音,哔——鳄鱼是一种很像鱼的人,不是很像人的鱼——哔。"

"无聊,哔。"

另一篇文章说:如果鳄鱼真的绝迹,就不须保护了。好像是《联合报》。

6

距离下一个我要描述的情节点之间的故事时间,里面的我在前所未有的罪恶感和恐惧感中,像搓萝卜签一样,在搓板上被磨得皮绽肉破，烂烂的。从前，我只是预期着我将干下与女人肌肤相亲的滔天大罪，更在她出现以前，更轻微，只是隐约觉得自己得提着鞋子蹑脚走路，转弯闪过人人都会拿石头丢向玻璃屋的那个方向，在离得够远之前，不要被拿着石头的人们叫住了。

稍稍转个身体弧形，鞋子都没提稳，就被水伶硬生生拦下。石头在我心里，便一颗两颗三颗地打下来，颗数愈来愈多，似乎要等到全世界的石头从圣母峰顶合唱哈雷露亚地齐滚下来。

不知道从什么时候开始，我自动地脑里会出现所谓的"性幻想"，大概是初中时看了一部叫《娃娃谷》的影片后吧。不知道从什么时候开始，性幻想里不再是影像中的情节，换成水伶，当关于水伶的性幻想侵入我脑里，我就预期着自己一步步走上与幻想情节贴合。

一直到此刻我仍然不真的明了那种恐惧感，它到底来自哪里，却受着奇怪性欲的压迫与恐吓度过青春期和大学时代的一半。我安慰自己，我是无辜的，恐惧感是自生在我体内，我并没有伸出手搬它进来，或参与塑造自己的工程，帮助形成这个恐惧感蔓生的我。但我的生命就是这样，成长的血肉是搅拌着恐惧的混凝土，从对根本自己和性欲的恐惧，恐惧搅缠恐惧……变成对整个活下去的恐惧怪兽，自觉必须穴居，以免在人前现出原形。

跟水伶说从——头——开——始，对我而言就像海上难民终于饮海水，我选择和自己与渴望的核心对决。是放弃抵御加速奔向毁灭，也是不顾一切要在毁灭到来前享尽从前所禁锢的。

愈来愈多对她的性幻想充塞在白日，骑车时、走路时、与人说话时，晚上也要花愈来愈多的时间自慰。开始抱她的身体后，仿佛挑断我恐惧的筋，痛得我必须咬断牙齿，试着用更剧烈的痛止痛，想要像恶狼一样狠狠地啃噬她的身体，这是新的想象。

7

约好"诗经"下课去等她，结果没去。把自己锁在房里，她走到温州街按铃也不应。想要自己一个人，把关于她的部分割在外面，过自己锁在房里的生活。到傍晚下楼，开门，她坐在脚踏车上用可怜的眼神看我。怎么知道我在家的，我说。你的脚踏车在啊，她说。眼眶红起来。你是不是又要跑掉了，她哽咽地问。无言以对，正中要害。赶紧用卑劣的演技安抚她，说不要胡思乱想，我只是昏睡睡过头。她说"诗经"没看到我，就直觉我又要跑掉了，一路掉眼泪走过来。

"为什么又要跑掉？"她问我。深夜我担心她在担心挂电话给她。

"这么相信你的直觉啊?"我嬉皮笑脸想回避问题。

"对。"她强硬又带委屈地回答。

"好,没错,你的直觉很恐怖。自从在一起后,我分裂成两个,一个要把我从这里拉开,另一个要帮你把我留在这里,两个拉来扯去。"

"从什么时候开始的,痛不痛?"她像是既疼惜我又怨尤着。

"从一开始就会这样的啊,我不是说过吗?我们一定会分开的,从一开始我就知道了,没有永恒的爱情。"我狠意地说。

"如果你和我在一起那么难过,那就不要好了。"她使出杀手锏。

"嗯,你也不要这样拉扯。好,就不要了。"首次向她坦白随时想偷跑的心理,她也深受伤害,更推我向悬崖,心一急,闭眼直向下纵跳。

隔日,像百合重又清新地开在无人的山谷。我独自关在腐臭的房间,享受割除背瘤后未及流血的自由。十点,照正常作息家教回到家,她打电话来。说守在站牌等74路过去,已经五六班车,没看到我。我沉默不语,若开口巨山又会压到我头上,在我未开口前,巨山把她的身体整个压在地上,只露出畸偻的嘴形。我要见你。她哀求、沉默。好,我开口了。

她坐在床沿老地方,我问她等74路多久,她闭上睫毛眼泪扑簌扑簌掉,我扭绞的筋骨喀啦扳紧。扳紧到极点后,完全错开。我让你受苦了,不会再干决绝的事,我吐出堵住喉咙的话。她笑出一声,又哭号着隐忍霰弹般的痛苦,我用几乎是要化为她内脏的意涵,画拥抱的普通符号。

8

有的鳄鱼穿着黑亮长毛的貂皮大衣,走进一家挂着艺术化杉木小招牌Lacoste(鳄鱼牌)的进口服饰店,摸另一件黄黑相间的貂皮大衣,不忍释手仿佛只有它(因为性别未知,对于鳄鱼一律去性别化称呼,便利沟通和传播)最适合穿。鳄鱼可不是暴露狂,它不会故意绕到柜台,老板拿那件给我看,突然打开大衣,宝现里面的光溜溜。如果真的如此干,老板会说什么?

"啊,你是鳄鱼。"这样的老板表示他看过鳄鱼。

"抢钱啊?我可是有缴保护费的哦。"这个老板是死要钱型。

"你那个太小了，不够看。"这个老板是高手，有辅导学的概念。

鳄鱼打开大衣后，里面到底是如何的光景，没有人知道。更何况不曾有一只鳄鱼真的走进 Lacoste 服饰店又真的打开大衣，鳄鱼只是摸一摸另一件貂皮大衣而已。它是源于喜欢吗，还是摸着摸着会有快感？

谁知道呢？普通的人们认不出鳄鱼。初中生和高中生是鳄鱼新闻的忠实观众，他们从补习班回来后，正好可以边吃晚餐边睁圆眼看《台视新闻世界报导》。大学生们是最冷淡的年龄层，他们变得疏远报纸和新闻节目，以免被认为和鳄鱼有关，因为民意调查中心说鳄鱼混进这个族群最多。

四十岁以上的人把鳄鱼旋风当成比山顶洞人更古早的人类祖先这类事故。上班族宣称他们只注意"立法院"打架和股票的消息，蓝领劳工则表示不屑看影视版之外的任何鬼扯淡。但他们会偷偷站在小书局前面专注地看《独家报导》《第一手消息》之类的杂志。只差上班族掏掏口袋会忍不住买回去，所以上班族家里的四十岁以上长者，也有机会补充考古学资料。

鳄鱼想，大家到底是何居心呢？被这么多人偷偷喜欢，它真受不了，好——害——羞啊。

9

看过《预知死亡纪事》吗？

我问她。那是一部电影。我和她并非没有甜蜜时光。她也并非一个姿色平凡的女子。我们之间灵魂的链锁更非我这内容稀薄的一生能解开的。她点点头说看过，我问感觉如何？正好相反，我极不愿叙述这一部分，想到只有捶胸顿足。她摇摇头说不想说，那表示她有特殊的感觉，不愿说出来破坏它。因为还得活下去哪，她给我坏的和好的，像没加糖的黑咖啡和奶精，分开喝下去，两边都很纯粹专注，就已经喝下肚了。然而我偏好说出黑咖啡的部分，奶精部分只能学她摇摇头使用隐喻。

我要求她想想怎么说，明天告诉我她的感觉。男主角四处流浪为寻找梦中情人，一眼"选定"女主角后，费尽心思挥金霍土，终于娶到她，然而新婚之夜发现新娘不是"处女"，当夜衣衫不整抱着新娘痛哭后把她"退回"。此后新郎被家人带回，女主角每天寄一封信给他，最后一幕，男主角"背着一大袋信回来"，进入女主角等他的庭院，"沿路将信撒开"……她要我从头叙述一遍，仿佛可以获得全新的享受般。

这就是隐喻。我的爱情只是往返于温州街和校园之间的单调弦线，如何振荡出腹里的饶舌或雷鬼乐，可以假借爱情的"现成物"，编辑其中的线索成自己肚腹的手风琴。水伶不知道，我倒着读《预知死亡纪事》，我是女主角将被发现不是"处女"而被"退回"，却顺着男主角的行动展开。

明天，我连睡二十个小时，起床写可恶的告别信给她。傍晚六点，面对着窗户写信，天空的云泥像一匹棕红色鬣毛的马在奔腾，信写到一半，楼下电铃响。打开红色铁门，水伶就坐在门缘，枯死般地坐着，我把她硬拖上楼梯，陪她坐在刚好可挤进两人的阶梯上，她坚持不愿到房间里，关上铁门。中文之夜的晚会排演上，她出丑了，受人斥骂，就在刚刚。这对于闪躲他人注意如疫鼠的她，犹如奇耻大辱，她艰难地忍耐着，不说半句关于情绪的话。我拼死舔吻她的双眼，由干枯到浸满泪水。

忘记说了些什么话，我还是把她逗笑了。我就是有像小丑般的本事，一边心里因无能保护她免于外界伤害而像老鼠被夹到尾巴，一边却装出铁臂钢胸任她依靠的保护者气概。我这个可鄙的人哪，难道还要趁她被耻辱击落井中时，再落井下石？更何况她还在这之间听到我在井口说马上把绳子抛下去拉她起来，有我在不要怕的导盲式洪音，而开心地笑了。可鄙之上再加一重可鄙吧，如果今晚我不下决心当她撒旦，过了此夜，我可能连最后这个恶的出口都被堵死，就像被通缉的杀人犯若不再继续杀人的行为，可能马上会自首。

送她到74路站牌等公交车，一路穿插笑料。74路从远方闪进眼帘那一瞬间，我若无其事地说，正在给你写告别信，等一下还得回去继续写，半夜会亲自跑去丢在你家信箱。过了几秒，她才回过神，说不必了，若无其事地上公交车。据她后来说本想疯狂地拔腿逃开，那样临时镇定住的超人意志，是源于报复之恨。

昨天的明天，她来不及告诉我关于《预知死亡纪事》。

10

一大早把信丢进她家信箱，像把几千斤重担丢进海里一般，身体都轻盈起来。说要切断关系。很快地收到原封不动的退信，附加她表明含恨受辱的潦草短笺，显然是边写手边发抖。那是一九八八年四月的事。大约一个月，我都处在"竟然完全可以不受她影响"的新内疚里，单独过无声无息的日子。

五月生日前两天。在楼下捷安特篮子里发现一大捧玫瑰花，没人在。晚上八点再度下楼，水伶又坐在脚踏车上。我说今夜正好要搬家，她问我搬到哪儿，我噤口没说。她改用耍赖的方式说：我以后应该又可以来看你了，因为从前你说过分开后只要忍过一个月，以后就能再过下去，但我已经忍耐超过一个月，还是一样难受啊！她像愉快的小草寻到雨露般地解释我们关系的出处，要求我让她帮我搬家。我残酷地摇摇头。

她使尽各种招数，耍赖哄骗拖拉，近深夜十二点把我拖回她的房间。黑暗中，我彻底解体为两个人，一个我真正是贪婪地啃噬着她，另一个我冷冷地置啃噬她的动作于度外，精明地盘算如何在何时脱身。在某种情人间特有穿透心理的X光下，我敏锐地察觉到她在这一个月获得关于我的新知识，从她黏热且紧紧缠住我的身体带着"献身"的意涵，这是从来不曾出现的复杂语言。虽然是极其隐晦暧昧地波袭向我，可连她都不明了，她正以某种新的成熟作为绝地挽留我的最后手段，但对我而言正是致命的耻痛，像用烫红的铁丝猛然插进猴子的屁股。当她的智识稍稍触及我那一大块难以启齿的边缘（模糊且呐喊式关于性的禁忌时，竟然正是我的崩溃点），那一刻，我清清楚楚地知道，我被某种超乎人性的力量分裂为二了，他们两个正像两头蛇般身形利落地各行其是，同时我听到体内胸腔鸣着难听的兽嚎，不知是发自哪头蛇？

关于我的恐惧，我总算遇到真正的杀手，而得以清算它的全貌。清晨五点，我不顾她层层地哀求，叫我不要离开，挣脱她跪在地上紧缚我的双手，像把被肢解成块的身体用破布随便裹住般地，夹尾而逃。

11

逃亡记正式落幕。一九八八年五月底离开温州街。这就是我的"预知死亡纪事"。大学第一年很快地跟着落幕。

该怎么说呢？愤怒吗？懊悔吗？自恨吗？是要把这些情绪都从桌上扫掉的另外一种。只想把自己浸在黑油油的什么东西里，慢慢地窒息败坏掉，最好连屁都不要放一声，臭味也不要溢出来。

我不知道别人是怎么忍受生命对他们的狠暴、残酷的，也无法比较被残疾、谋杀、强暴或关进集中营命运光顾的人是不是更受优待。我只知道，我被逼到墙角，然后自己猥亵自己，为了对抗猥亵的恐怖，我牺牲了活生生的她，对我代表最美好的东西，不惜糟蹋她，换得剩下卑贱的赤条条身躯。这一切都只是我自己，狠暴、残酷也都是我干下的。我该如何忍受？

无论如何。水伶，我永远亏欠你。我这之后的一生，都仿佛必须为了我十八岁时所犯罪所错失的，变换着形式，付出代价。只要我还活着并且有能力，关于人类的恐惧，我愿意不断地说。

第三手记

1

有一天,鳄鱼梦到一个梦。它和一群不知道什么人要一起出游,可能是偷偷寄给一家私人"红娘公司"求偶资料卡后,"红娘公司"所举办的男女郊游活动。也可能是它所加入的金沙湾救生协会,应被救人要求与救生员共度周日的活动吧。鳄鱼前夜就准备好巧克力、虾味先、蜜饯、口香糖、可口可乐、扑克牌、滑板、随身听、傻瓜相机,它的红色泳具和一大包苏打饼干。隔天背着这一大包行李到车站和一大群红男绿女会合,鳄鱼看到他们,喜滋滋地背过身拉出藏在人装里的嘴,咯咯(或呼呼或唔唔或嘻嘻,到底笑声是如何不太清楚)地笑几声,它很久没这么近地接近人类啰。

游览车在一座山上放他们下来。大家推派它去买"布丁冰棒"(为什么会是它和为什么是布丁冰棒,梦境不详)。等它回来时,山上触目所及之处都是狮、虎、豹三种凶猛的动物,而他们之中有几只正抖开它的行李,喀啦喀啦吃着巧克力、虾味先和苏打饼干,还有一只斑点的小黑豹撑进红色泳具走来走去。挡在鳄鱼前面的,是三只如卡车般大小的狮、虎、豹,它们并排蹲着注视它,它鼓起身为人最后的尊严,用力揪动其中一只触须,它所压着的底下又是一只小一号一模一样的凶物,底下的底下又一只……其他两只也一样。鳄鱼叫这个作"狮、虎、豹的繁殖之梦"。为什么一定得说是梦呢?

2

接下来的生活变得很简单。住在和平东路的亲戚家，跟两个与我同年龄左右的表兄弟住在一起，三个人比赛着谁最晚回家最晚起床，于是只剩下饼干碎屑般的时间做礼貌交谈。时序进入一九八八年七月，大学一年级结束后的暑假。在某晚某个热闹的茶艺馆角落，一个辩论社的老学长带我参加一个新社团的筹备会，起草社团章程、签下附议书的有三十人，但实际到场的等了近两小时却只有三个人，加上我这个旁观者共四人。最后，可能因为可怜那张社团章程，或防止自己像用细瘦玻璃杯喝下掺盐巴的沙士般喝下任何去命药物，旁观者我竟然点头答应担任社长的职务。

白天我奔走社团的如麻事务，晚上待在麦当劳买小杯可乐，看书到十一点打烊，骑脚踏车回住处，打十几通电话给社团必须联络的人。不到午夜不敢回家，怕被寂寞烤干蒸发掉。住在和平东路那一阵子，独自待在房间长一点时间，就会像一滴水掉到沙漠里，除了写日记勉强榨出几丝氧气外，其他时候就逃避到睡眠里，时间成了睡眠之杯装不满后横溢出的液体，就换以酒杯盛，慢慢地靠上了酒精。睡到身体不需要睡眠，心理仍然需要时，就喝啤酒把自己再挤进斑驳的睡眠里。

那时记得较清楚的是读像拉格维斯特的《侏儒》和马森《生活在瓶中》这样的书，还有一篇叫木寿三的青年写的，名字是《你命该孤独》的小说，刊在杂志上，把这三个小说拼凑在一起。那时候待在那间豪华的双人房，高级大厦十二楼的气派公寓里，房内厚玻璃的金框大窗，米黄色百叶窗帘，深咖啡色质地光滑的大办公桌，所有的日用品都似乎镀一层银，那是目前为止，我在台北穷酸的求学生涯中，住过最高级的住处。但我却感觉像拉格维斯特笔下丑恶畸形的侏儒塞在颈口细窄的小瓶中，隔着玻璃变得夸张的五官，紧贴着瓶挤眉弄眼，再接枝上木寿三精彩的想象力，左边抱着一本《百年孤寂》右边抱一本《渴望生活》，瓶子底下着起火来，侏儒的躯体连着瓶子剧烈地扭曲、烤焦……

那样的我投身进社团，社团也结成特别的景观，用梵谷的一幅画《吃马铃薯的人》，正足以说明，绰绰有余到吃完鸡腿还能在嘴边抹下一层油的地步。

3

"请问什么时候有迎新活动？"这是至柔的声音。

"是啊,看到你就等不及想参加这个社团。"这是吞吞踩进我记忆里的第一声。吞吞和至柔像一对姊妹花,两人都穿着俏丽的短裙。

"看过介绍的传单吗?"我坐在贴有社团名字海报的长桌上,像个当街叫卖的小贩,对着学校的操场上被各个社团桌子围成一圈剩下的广场,做招揽顾客的喊叫。大一的新生训练日,各社团抢新社员的大拜拜式节目。每个学生社团都会动员上个学期仅剩的老兵残将,使出看家绝活,装出最像样的门面,把新生骗进来,最好能让他缴社费。

"嗯,刚刚站在旁边时看过了。"至柔的声音带着催眠般的韵律性。

"好,那我来讲一下社团的性质和活动,我们……"

"听过了,我们已经站在你旁边听完你跟刚刚那个人讲的啦,难道一模一样的还要再讲一遍?"吞吞开朗地笑开。

"欸?怎么知道我讲的一定是一模一样?"我不服输。

"好啊,你再讲讲看啊,看看一样不一样?"吞吞更开心地笑着斗嘴。

"试试看啊——我们这可是空壳社团,连社长在内真正会连续出现的人不到六个,千万别来参加啊,连社长都还没缴社费。距离正式成立虽然快一个学期了，但实际运作还不到一个月，尤其社长长得奇丑无比，脾气又古怪，相处久了会觉得像某种怪物哦……这些讲过吗？"我说。

"你这样毁谤你们社团，不怕被社长听到？"吞吞忍住笑问我。

"我就是社长啊。"我装出一本正经的样子。

"天啊！"吞吞和至柔同时喊出。至柔笑得很腼腆，像被我和吞吞的对话逗得合不拢嘴。

"你就是某种怪物吗？"至柔插进来问。

"对啊，看起来蛮像的，到底是哪种啊？"吞吞跟着追问。

"这当然得进来才知道，眼前你们能看到的，顶多是口才好魅力够又有深度的那种怪物。"我故意夸口地说。

"对，耍嘴皮的嘴才，狐媚的媚力，和深度近视眼啦！"至柔突破腼腆的保护线，加入斗嘴的行列。

"好啦，说正经的。你们没想到这样一个有人文气息的社团，社长竟然长得像我这样吧？"我觉得很喜欢这对新生。

"是没想到……嗯哼,身为一社之长的人,竟然像流氓一样大张着腿坐在桌上跟人说话,有时还甚至站到桌上去,嗓门大得可以胜过卖菜的……"至柔提高声音,用手扳着我的下巴端详一下,"长着一张初中生的娃娃脸,结果仔细一看还是个,嗯哼,伟大的女性咧……"至柔促狭地碰碰吞吞的手肘,"好了,换你接下去说。"

"但是,听这个娃娃脸刚刚讲起什么度过大学生活的方式和选择读书态度等等,又像个大四的老滑头,蛮有料的。再加上能以一敌二,力战我们两个不简单的人物,瞎掰到现在,应该有资格干社长了啦。"吞吞接着至柔的话讲,仿佛两人练习这种接龙游戏已经炉火纯青了,不然就是她们根本就是同时想到同一段话,所以能合作着拼成。

我收拾起应酬作秀的心态,专心吸进这两个小女孩的气息,她们身上有些我所羡慕的东西,类似"高贵"的品质,这种品质是我太熟悉的。我待在台北市号称最好的女校高中加工了三年,闻惯了随便从哪个操场或走廊的角落冒出这类人肉的味道,甚至早已学会替这类味道分等级的自动系统。

"我现在念大二。看了你们的资料,一个念国贸系,另一个念动物系,两个人同校,是闺房密友吧?我是你们高中学姊咧。"我富有亲切感地说。

"哎,真好,'学——姊'好。"吞吞顽皮地拖长尾音捉弄我,我自己说这两个字还不觉得怎样,经她以强调的方式说出,仿佛在称呼我旁边的女性。我也发现她们俩似乎能很快就拂开我身上一些无关紧要的披挂,这些披挂是从与他人相处的历史中习得,顺着他人辨识别人的习惯所结缡成类似皮膜的装饰品。吞吞代表她俩很快地将我置于精准的焦点上观看。

"谁是念动物系的,可能是我的学妹哦。"

"让她猜猜看。"至柔拉拉吞吞的手,阻止她说。

"我看她比较活泼,比较可能念国贸系。"我略带怀疑地指吞吞。

"错了,吞吞是保送生,因为懒得参加联考,所以选择'中研院'的资优生栽培计划,直升动物系。"至柔解释着,得意我猜错。

"哦——那你从前不是俭班就是射班,对不对?"我又指着吞吞。

"怎么你也是资优班出身?"吞吞惊讶地问。我隐藏着羞愧点点头。这种头衔可不是什么值得冠在头上的事儿,反而尴尬的成分更多。

"我们是射班,那一届理化资优班在射班。"至柔兴奋地说。

"我们?你不是考上国贸系,在文组吗?"我指指至柔。

"我们同班啊，至柔高三才决定转文组，不要脸，别人准备三年，她准备一年就以全台湾第六名被录取第一志愿。"吞吞用食指戳进至柔的脸，明显洋溢着以她为荣的喜悦，至柔轻巧地露出酒窝，她的笑容顺着酒窝的窝心滑入人心。两人不知不觉依靠在一起，含羞草的叶瓣反射性开阖。

"我跟你们很有缘，喜欢你们两个，请你们吃午餐好吗？"我从桌上跳下来，臀部的肌肉有些发酸。我用大拇指比了个"走吧"的姿势，两个人爆出兴奋的尖叫声，默契地伸出一只手在空中相互击掌庆欢。

十月的太阳晒着细砂地，彩色向心状条纹的遮阳伞像罚站太久的新兵们，开始趣味地歪着身子。伞下一派年轻热情的老生，或坐或站纷纷显出掩盖着的浮动的欢乐状，对于从新生训练的无聊会场溜出而逛进这个菜市场的人群，展开商业的复制热络迎接，在烦躁的欢乐、复杂的热络混成的综合饮料中，上层还漂浮着真诚的纯白奶粉块，不均匀地浪动。这似乎就是年轻的写照。

接近中午，许多最近加入的新社员，按理说没缴费也称不上社员的，顶多是多在社团活动的场合露脸几次的人，下了课纷纷跑来帮忙。我交代旁边的一个干部，请他照顾摊位。从遮阳伞后面牵出脚踏车，边牵着走边踏着满地红红绿绿的宣传单，两个小鬼蹦蹦跳跳地跟在我后面，鬼祟地交头接耳，似乎在商议着等会儿如何敲我竹杠，并如何罗织语言陷阱捕捉我，叫我人财两失。

"干吗一个特意转了文组，还念了个最可怕的国贸系，另一个有那么好的头脑都能通过'中研院'的层层考验，却挑了个必须整个人泡在实验室的门路？"我劈头就倚老卖老地说。进的是一家欧式自助餐，我选了靠窗可以望见门外人来人往的座位，点了份焗通心粉，她们两个则一起坐在对面，吞吞吃甜烤鸡腿，至柔的偌大盘子里只盛一小块巴掌大的牛排。

"不会啊，动物很好玩，我喜欢大自然，多了解一点生物也没什么不好。"吞吞含着鸡腿说。

"吞吞是自己选的，我是被逼的。考前一个月，什么书也没碰，一个人跑去花莲一间面海的寺庙住，整个月一个字也没看，甚至忘记联考这回事。前一天被住持叫去，说我妈妈偷偷来过，希望我离开寺里去参加考试，才去考的。没想到运气好成那样，一考就考成全台湾第六名，只能怪我猜题的直觉害了我。发榜后我根本不填志愿卡，整天躺在床上，只有在八点档连续剧时出去看一下，我一出房间全家人都用一种奇异的眼光看着我，又是乞求又是可怜的，只有我爸正眼也不瞧我一眼。交志愿卡的最后一晚，我用吉他弹了四十首曲子，又剪纸剪了十个'囍'字十个'佛'字后，填下志愿栏的第一栏,隔天干脆地交出去。虽然没人开口说一句要求我读国贸系的话,但那样的结论在我家就像看电影前非唱国歌不可一样自然的无理。我不用等到他们来对我失望,因为我没办法不再跟他们生活在一起。"至柔以不在乎的表情说着,但眼神里有对自己狠硬的坚强,继续用蜜般的甜笑淋在其上。

"嗯,说得好,'像看电影前非唱国歌不可一样自然的无理'。"吞吞像个顽童,在我听起来很沉重的话语中,拾掇至柔话里的小贝壳。

"这应该不是被逼,是自己选择不要别人对你失望的。"我说。

"你是要说,虽然不是我真心想要读这个专业,但还是为了我不想让别人失望这个目的,仍然是出于'我——的——意——愿'的选择,是吗?"至柔反应快速地抢着替我进一步解释,她的聪明已经接近狡黠的那一型了,反而显出偏离我心几度的防卫性,但她的聪明还是亮晶晶地令我激赏。

"让他们失望会怎样?"我问。

"问得好。"吞吞边用餐纸抹嘴边附和,我问到她有同感的重点。

"你能忍受让你的家人对你失望吗?"她反问我,是躲开问题的高招。

"打从我懂事以来,我慢慢地在让家人经验对我的失望,一块一块打破他们为我塑造的理想形象,虽然会带给他们痛苦,但如果不这样子,我牺牲自己躲在假的理想形象里,夜以继日地努力掩埋对他们的怨恨,带给他们的痛苦不见得较小。"我诚实回答。

"你把理想形象的每一块都打碎了吗?"至柔接着反问,柔和地。

"很难。辛苦打碎了某一块,双方都受到伤害,自己又会迎着他们构图的方法建造起新的一块,像是补偿,常常自乱阵脚。对他们总是有爱,也有起码被接受的需要,所以要很勇敢地把自己和他们分开,否则一临到要拿对他们的爱和需要作本钱,换得自己的自由时,就会在冲突的刀口上退却下来。"对她们俩说这些自家经历,一丝阻力都没有,越说越愿意。

"我这真的叫不战而下。"至柔苦笑着调侃自己,"跟精神病患担心自己只要一动全世界的人都会死光,所以必须僵直不动,有些成分相同,是不是?"至柔优雅地说着,手卷着吞吞的吸管。有点自虐的淡淡意味飘进我鼻里,我突然觉得她的笑像迟暮美女卸妆后的皱纹。

"还不到那么严重的比喻。"吞吞摇摇头,把吸管拿回去捏顺,照样插进冰红茶里,艰难地喝,"拉子不是说了吗,忍受家人对你失望,那种事很难。更何况事实上你的家庭对于小孩该填国贸系这类事的态度,也确实比其他家庭,更是坚固的堡垒啊!"

吞吞抬起头,眨着眼,语调从刚才雀跃转暗了点,尾音还是上扬起来,想有精神地传达给至柔的讯息,是分类进信心、乐观那栏范围的。她把我所说的关于忍受的对象偷天换日,接成她要说的话,又贴了我的商标,作为对至柔情绪下掉的扭折点。她开始展现给我看,在统一、单纯的外在开朗印象里,是偏向不着痕迹的聪明。绝少棱角的柔软,像水无声无息地渗进光洁的白沙堆里。

"喂,谁是'拉子'啊?"我明知故问,抗议地尖叫。

"就是你啊。"吞吞惊讶地看着我,我不知道好像是我的错。

"怎么叫这么难听的名字?"我忍着好笑,装出嫌恶的样子。

"欸?"吞吞更瞪大眼睛,装出一本正经,"我觉得很好听啊。"她说得像这个名字是对我的赞美,使我快昏倒。

"怎么不叫桌子、椅子、锯子什么的都比这好听。"我说。

"你坐在'摊位'上时,我就先想好,要叫你作'拉'了。"

"那为什么又多加了个'子'呢?"我其实对她的创意很好奇。

"欸?因为'拉'是个动词啊,要把'拉'的下面封住。这就像占位置一样,这个名字是我取的就要把它独霸住,用'子'封住禁止别人使用你这个会动的名字。'子'这个字又像万用贴纸一样,撕下来'拉'就能万用了。"吞吞这个昆虫学家在解释她发现的新昆虫。

"谢谢哦。"我恶毒地瞪她一眼,"再请问一下,为什么'拉'要是动词?"

"嗯,好问题。"她右手弹了一下手指,发出响声。"中国人叫小名都把名作名词用,什么阿宝、阿花的多难听,你看我们的'拉',作动词多好听——什么拉面、拉链、拉扯、拉皮条……"

"对,还有'拉尿'!"我说。

"乖小孩,就是这个啦!你真上道!"吞吞拍拍我。

至柔爆笑。她看我和吞吞一来一往地合演耍宝戏,早已笑得用手掌猛压住口,这下更笑得人仰马翻。她总是那个让我和吞吞卖力演出的忠实观众。

"那至柔叫什么?"我装出不服气的样子,拖至柔下水。

"我高二帮她取的,叫这个……"吞吞撇撇嘴,比比腹部。

"肚子!"我大声喊出这两个字,扑哧笑得喷出咖啡。

"那我们合在一起,全名不是叫——'拉肚子'吗?"至柔奸诈地说。

这下换我和吞吞两个人仰马翻了。吞吞这个祸首还敢先喊受不了啦,挥着停战的手势。

拉子。我喜欢这个新名字,就像喜欢这对"双冬姊妹花"一样。之于她们(单位量词是"一对"),只有一句话可以形容——啼笑皆非。

4

鳄鱼打开冰箱。冰箱门内的货物架上,放各式各样的罐头。据鳄鱼专家的研究报告,罐头就是鳄鱼的食物。鳄鱼喜欢在晚上回到家后,扭开电视机,看夜间新闻有关鳄鱼的报导,边坐在底下有滑轮的浴缸里用海绵块洗澡。手从小茶几上拿一罐罐头,把包住牙齿的齿罩整个拿下来,利用前门的尖牙在罐头上钻两个洞。它的尖牙是小长贝螺形,光滑,摸着会有轻痒感。齿罩套上后,恢复成排平整的正常样式。鳄鱼喜欢用前端削尖的吸管,插在罐头里吸食,在水里玩一只绿色塑胶鳄鱼,低头用两手挤鳄鱼的肚子,"唧"一声,水喷到鳄鱼脸上。穿绿西装的播报员说,在收看明日天气之前,让我们来听每日关于鳄鱼的系列特别报导。塞在播报员左耳的隐藏式耳机,掉到播报台上,发出"锵"的响声。画面没跳到"电视评论"专家的大头像,停在播报员不时朝屏幕,不知在对谁挤眼,又尴尬赔着笑,专家的声音——

　　依照惯例,为了保护国格,新闻局统一规定,关于鳄鱼的新闻,在影像技术必须经过特殊处理,所以看起来有喷雾的效果。这效果可以防止被其他国家的卫星接收到,最新式的录像机也无法拷贝。因为关于鳄鱼在本国成长的实际资料,及本国发明的保护或消灭鳄鱼新方法,这些都属高度机密,不能有实际的证据落入他国政府手中。本世纪,各先进国家早已采取封锁策略,也因此,使本国接收不到关于这方面的消息,迟至近几年才重视到关于鳄鱼存在的问题。然而,各位国民收听完新闻后,都应保密,万一本国的鳄鱼状况很严重,我们将被踢出国际社会。被踢出的方式,到底是届时会变成联合国决议特别辟出保护的观光特区,之后观光人潮涌入,全球争相报导;或者被从万国地图上挖下来,像百慕达三角洲一样,成为神秘的黑暗大陆,所有的交通网断线于本国,没有半个外国人胆敢踏入,本国人也无路可出。一旦泄密,将会导致如何的国际局势,很难预测,毕竟我们关于鳄鱼的了解,是少到如指甲缝中的菌屎般,而依靠习惯的先进国家,这次又用钢牙死咬住资料,可怜啊!这次唯有全国国民团结起来,面对未知的谜!

鳄鱼坐在浴缸里，听长长的"电视评论"，三次打瞌睡、睡着，下巴磕在浴缸的边缘，又慌张地抬起头，四处张望，尤其忍不住伸长脖子，向电视框里打量，仿佛有人会看到它。洗澡洗到打瞌睡，可真不好意思。想想脸都红了，鳄鱼嘟起嘴巴，紧张拿起玩具鳄鱼，贴在脸颊摩擦。真苦恼，到底怎么样才能治好脸红和嘟嘴的毛病呢？想到最近，自己一跃成为全国性瞩目的人物，不应该再如此。全国人都随时在对它说着：

嗨，亲爱的鳄鱼，你好吗？

5

九月，在和平东路住不到两个月，表兄弟因必须准备考试，暗示我另觅他处，把房间让出来。我很快地找到汀州路一家顶楼加盖的房间，空旷的顶楼，除了简陋的厕所、洗手台和老旧楼房的水塔外，另有一间窄小的房间，住着脸形奇怪的女室友。约二十五六岁，在工厂上班，关于她的印象就是，屡次向我借钱不还，喜欢敲我窗门打探关于大学生活及恋爱史的私事。并且夜半三更，有个没钱就过来同居的男友，常裸着身叼根烟，拖着她在地上打，用鞭或鞋，直拖到外边的广场。但她对我提及男友时，仍满脸幸福，说是唯有他不嫌她。

顶楼的住处，不到入夜之前，热如烤箱。大约十点左右，回到住处，把门死锁，唯恐那对男女，在月黑风高时，会像地狱派来的招魂者拖拉着死灵闯进我房里。于是连与陌生人同住在屋檐下的感觉，也干净地消失，这儿，成了我实践纯粹孤独的墓所。

白日，闹钟一响，就跳起来到社团"上班"。脸没洗、牙没刷，必须飞也似骑车赶到学校，若不是与干部有约，公文赶送课外组，就是必须准备中午开会资料，甚至连画海报、寄通知、整理档案、添购杂物之类琐事都可能是当务之急，但总是来不及居多。像要把一个无聊的游戏煞有介事地玩起来，认真地真像有那么一回事，编一套严肃的理论说服自己，说未来踏入社会工作就像这样，既然选择下来，就得向上把它玩复杂、热闹起来，否则热情往下掉一点，就会被繁杂、无意义的义务感吞掉。

几乎是完全把系上的功课放掉，体育老师要将我杀千刀，军训教官四处找我去"坐沙发"的消息，嗡嗡传到耳边。把脸埋在沙堆里，准备被二一，甚至三二砍头。关于一个正常人，所该有的生活制度、未来蓝图和怀着希望推进的机能，我已自己放弃自己，只剩陀螺般钉一根铁轴，在地上的定点自旋的自动性，虽是自动，其实是无目的、去意义性。热烈地忙着社团事务，直到十点活动中心关门才回家，就是以这个当铁轴，愈来愈高速旋转，千万不能停。回到家，习惯用啤酒灌醉，消灭时间，直接接到隔日闹钟声。

楚狂看出我包藏在精力过度旺盛下的虚朽。他大我三岁，隔壁社团的社长，两人隔一张桌子，在同一社团办公室工作。他额上的发秃光，后脑和脑顶的中央部分，也连成一片光滑，体型属肥胖，下半身却成倒三角形瘦削。他常穿一件紫色或绿色的紧身牛仔裤，绑金色细腰带，夜总会名主持人似的出场；要不，就完全相反，被从贫民窟刚挖出来的模样，皱成卫生纸的T恤，宽大睡裤般的半截及膝裤，露出毛茸茸两条腿，拖着瘀紫眼袋，用墨镜遮住。

常常，到了晚上八九点，只剩我们两个在"社办"里。或许平日两人的表演，都是夸张作秀型，到了没对象需作秀时，偶尔抬起头，对看一眼，嘴里鼓胀笑味，相互了然的意思，有默契地低头，继续做事。逐渐累积蝙蝠伙伴的好感。

"喂，在干吗？"我折了三十份会员开会通知，折酸了问。

"在画版面草图。"他的社管一份周报的出刊。他低着头。

"嗨，又在干吗？"我在玩声音，百无聊赖。隔一会儿又问。

"在画插图。"他头低得更低，鼻尖几乎要碰到纸面。

"哈啰，现在还在干些什么？"看他无动于衷，更觉得好玩。

"小鬼！"他奋力摔下笔，摘掉眼镜，站起身，撑大两只眼作凶恶状，过来用一只大手掌捏住我的下颚，"不要命了，敢吵我？"

把他当一座人形山，爬到背上嬉戏。维持短小机智、漫画的对话。关在同一个空间对看久了，累积丰富观察对方的资料，对方成了可供任意想象投影的屏幕。相互走到屏幕后面，直接而固定指向的交谈，反成为禁忌般。两个人都是陶醉于搬皮影戏的趣味，胜于认识真实人物的。

"你今天看起来很衰哦。"透过中间桌子的人，中午传来纸条。

"你可爱的紧身裤破一个洞。少管闲事。"一边跟一个学长说话。传纸条。

"两眼浮肿，不是挖过眼球，就是掉到水沟再偷爬起？"另一张纸条。

"没有眼珠和根本就躺在水沟里的人闭嘴啦。"偷朝他瞪一眼。继续说。

"再这么使劲儿般地在水沟爬进爬出，又拼命红着眼大笑，会早死哦。"这次纸揉成一团丢过来。他身边围一群人在讲公事。偷空两人互相龇牙咧嘴。

校庆。一整天在马戏团栏里又叫又跳。黄昏,人快散尽,爬上活动中心二楼,正想把筋骨挂上竹竿。社办外围一圈人,猴般想尽办法向里面探望。门口坐着楚狂的副社长,他疲倦地张大腿,叫大家走开,里面有人状况不太好,把自己锁在里面。我冲上前,猛拍门。

"楚狂,开门让我进去,我跟你说说话。"这样的话,不知是从哪儿翻上来的,像在某处情感的油页岩矿。里面有影子的开锁声,副社长惊奇注视我。我闪进狭窄的门缝,旋即再锁上门。

"发生什么事了?"我摸索了一张椅子,搬到他桌旁,盘腿坐着,轻声问。社办里窗帘拉上,秘密电影放映的暗室,他的秃头微微反射光晕。

"小妹……去帮我买酒好吗?听我说话……"他脸埋在大手里,垂头在桌上。有气无力的声音,软囊袋挤出哀求的语调。

"怎么会想跟我说的?"我看一眼背后气窗射进来的霞光。溶解哀愁。

"梦生……因为你也认识梦生,他把我们连接起来……"我听到。去买回一打啤酒加两包烟,顺便拎些卤味。打发走副社长和张望的人圈，嘉年华人蛹仍在前滚动。练习钢琴的乐声，断续搅杂进空气流。

"下午梦生来过……找你的……就是刚刚和他痛快地干了一架……"

"你跟梦生有仇吗？"

"何止有仇？我还想吃他的肉、啃他的骨呢……"楚狂终于抬起头，鼻孔流出的血迹干到眼眶边，下排牙齿被打掉一颗，他一口气喝下一瓶啤酒。"你能想象爱人之间互相打成这样吗？嘿，多精彩啊，他一进来被我看到了，说是要找你的，我怒火一上攻，抓起桌上的长铁尺，往他身上就砍就削，他也不差，鬼叫着抓起铁椅朝我摔打过来，两人像在跳恰恰……唉，真怀念他干架的利落身手和流汗的味道。"他得意地笑了。

"一见面就干架。这是相爱还是报仇的方式？"

"夏宇不是有一首诗叫《甜蜜的复仇》吗？我只是举你可能听到的诗。就像这个名字，因为相爱所以要报仇，因为报仇所以会干架，因为干架所以是相爱。三件事融在一起的。当爱欲的挫折强劲到某个点，还没把投掷这爱欲的固着性拨开或销毁，既没抽出成虚无的洞窟，又没升腾到轻的气层上，反而是更绝望致命地黏住爱欲的对象，那时，爱欲统统会转而附身在破坏的欲望上。光朝自己破坏，爱欲只是转，没有出路，这最可怕，哪一天会突然发作起来，拿剪刀把自己戳烂，这就是我跟梦生分手前干的事。之后，我学会把剪刀口向着他，分一部分破坏给他，没药救，还是渴望跟他相关，爱的仓库烧光了，只剩火把能丢给他，造成沟通啰。"

"梦生曾跟我提他救过一个男的一命，是不是就是你？"

"嘻嘻，他跟你提过这啊？那有没有描述他跟这个男的做爱的事给你听？"讲到这里，他缩了下肩，像说错话似的不好意思。

"我可不要做你们狗咬狗，中间磨牙的破毯子哦。想说就自己说，我既没想探人隐私，也不会吞了你馊味的历史后，就肚子腐烂或呕吐，你说任何话，只要像你脑里的汁一样自然流出就好了。那我就会说，哦，原来你是这样的人！"我因他的繁文缛节想涂墨在他脸上。

"照理说，对一个女孩说这种事挺下流的。"

"觉得自己会下流，就不要说啊，我可懒得当你的新闻局。"

"嗯，小妹，你很'特别'，就是这两个字。从来没一个人，在我跟他说这方面的事后，没脸色大变或坐立难安的，大部分都自动躲开我了，只有一两个像脸上长刺般地，与我维持极勉强的联络，我常偷笑他们何苦逞能,那么痛苦地逼自己做慈善布施。更何况你是女孩子,但你听我讲到这里,仿佛是听我讲脚底长鸡眼一样……"

"你爱梦生几年了?"

"前后加起来四年啰。这是算我的部分。他哦,在这五年里断断续续加起来,再扣除对女孩子的渴望拿我当替代品的,看有没有爱我超过半年?他啊,每个细胞都藏一粒坏心,不折不扣的'坏痞子'。"

"楚狂,你听我说。在我面前,我只希望你自然做你,我知道很难。我的脚底也有鸡眼,但眼前还没准备好对人说,可以吗?"

不知不觉,接近十点。活动中心外,全校大舞会正热烈,重金属音乐和四射的镭射光,还有醺醉的学生们,放肆地哀歌欲望……

6

这儿讲的,全都是大二上学期的片段。从一九八八年七月到一九八九年二月,之间。野猪开栅栏,回到平原后,是不是成为一条脑震荡的猪?把蹄顶在猪脑上,在雨林中跳着猪也会晃脑的吉鲁巴，还是高高兴兴地在河里洗个澡，靠着河岸说："好在我忘掉我冲开栅栏啦！"失忆症太严重，以至于努力要回想起前一秒到底说什么话，蚂蚁爬满他在水面上的半身，淑女地一起咬下他的半面皮。

不要水伶呢？她成了女娲，卷进我遗忘的法螺号。深泅进海底的珊瑚礁，那里有着各式的孔洞，累攒成长过程中，结蕾的粉红肉须，到骨的湿黑髓仁，万一在意识深海，探错孔洞，女娲将从法螺号里跳出来，炼我酒精硬化的脑袋，补欲望精卵撕啮的渴死薄膜。

冬夜。结束读书小组关于弗罗伊德的报告，和吞吞一起走出聚会的地下室。熄灯，并骑在冷风飕飕的暗黑校园。吞吞说，不知道该怎么对你说，可我有麻烦，并不完全清楚麻烦是什么，可我只有你一个能说说或许会有点用的人。声音轻轻颤颤，像风吹在缺角的枫叶上，仍然努力微笑，就是这么一个可爱到使我惭愧的女孩。至柔呢？我抢一步对吞吞的人生害怕，冷漠发问。快到校门口了，来不及说详细，她也卷在麻烦的一部分里，吞吞说。严重吗？还能正常作息吗？几乎是每个礼拜的此刻，都伴着我这般熄灯出地下室的一个水银般剔透的小孩，多久了，怎么我都没穿透进她的努——力——微——笑底下，漂白水般疼爱小孩的感情喷薄而出。总是没想到自己会如此大量积存。

没关系，应该还好，不要担心，吞吞透支信心地安慰我。只是大概碰到"荒谬的墙"吧？一个月了，自己也摸不清楚它的边缘在哪里，老是睡不着，想着极为恐怖的事，突然变得害怕很多东西。没办法出门，上课或做很多事，唯一快乐的时候，就是周五可以到这里看到你哦，晚上一个人会很受不了。由于疼爱，我吹着口哨。说今天是我从前情人的生日哦，分别后收到一封长信三封短信，还不敢拆。口哨转啊转，虽是小孩的麻烦，却如脚踏着碎玻璃，突然软弱起来，不能言语。

7

鳄鱼是个勤劳的工作者。正确地说，是勤劳到晒干一块钱邮票贴满浴缸的那种勤劳。它原本在圣玛莉面包店，做着收银台旁边包扎顾客面包的工作。下了班后散步到对街的礼品店选购精美的包装纸和特别的绳结，这可是它最享受的娱乐。它还十分义勇地画了张鳄鱼图案，塞进店长办公室的门缝里，建议把包扎塑胶袋和纸盒换成鳄鱼图案。

"听说鳄鱼除了正餐吃罐头外，还吃面包作副食呢。"顾客A说。

"这条消息这么小，没想到你也瞧见啦，好像是在妇女杂志里吧。"排在 A 后面的 B，手里已经捧着插满长形面包的纸盒，还又挑一竹篮的面包。

"怎么大家都知道？另外一本食谱杂志说得更详细，鳄鱼只吃没加糖的面包，连咸面包都不吃的咧，真钝啊。"C 排在 B 后面。

"可是鳄鱼最喜欢吃的面包却是泡芙，这怎么说咧？"鳄鱼边替他们装面包边漫不经心地说。

"你怎么知道的？"三个顾客加上收银小姐，四张嘴一起发问。A 是惊讶、B 是佩服、C 是气愤，收银小姐则是嫉妒它的丰富常识。

那天下班，鳄鱼就不敢再去圣玛莉上班了，乃至于不敢再踏进任何一家面包店。即使在很想念泡芙时，也只能花五十块钱，请面包店门口的小孩进去买三十块钱的泡芙，钱太少还请不动哩。

它辞职，连当面对店长说一声也没。因为鳄鱼想店长一定早已看出它是鳄鱼，一定是他把关于面包的消息卖给小杂志社。证据是：杂志的消息竟然漏去泡芙而改以无糖面包类，这不正是在店里表现出的模样吗？店长在时，只挑便宜的无糖面包吃，以免薪水被扣光，等他溜班，再偷吃盒装的各色泡芙。

想到店长，皮肤都仿佛要吓绿了。鳄鱼放心走路，小口珍惜般咬着三十块大泡芙,不时满足又胆小地伸伸舌头。门上贴一张广告贴纸——

最近消息:鳄鱼的最爱是泡芙。泡芙面包店新开张。

妈呀!我没办法不吃泡芙啊!

第四手记

1

吞吞，自从上个学期跟我说关于"荒谬的墙"后，消失了。

至柔，自从迎新的摊位上见面后，并没有加入社团，她说是功课太忙。其实不是，我知道她在鬼混。偶尔会飘进社办，趁人最多的中午，坐在最角落，茫然地看着我，什么话也没说。我嚷着嗓子问她到底在干什么，她一概微笑以对，急得我音量愈高。一会儿，她背起背包又飘走了。像幽灵。偶尔和偶尔之间，她的微笑是愈来愈厚的雪，散发出愈来愈成熟的女性气质，我一嗅就知，那是"堕落的美感"。

就是喜欢她们两个。并且，知道她们也喜欢我。是任何与爱欲无关的喜欢。若以喜欢的层次而言，她们两个可能是我在这个世界所曾使用过喜欢的动词，最喜欢的人。个别是喜欢，当成一对保存更喜欢，像是狂热的收藏家，收集的众多瓷娃娃中最昂贵的一对。

在大学里，大概除了建立起密切联系如弹簧键般的关系外，认识的任何人，都是以瞬乎出现瞬乎消失的方式存在的，什么人都不会固定在什么地方出现。人与人的关系像星云与星云。

她们这一对瓷娃娃，在我二十岁那一年，虽只是突然切入我的轨道后，又迅即脱出中心，作星云式的浮沉。却对我代表很重要的东西。是什么呢？很简单，是美好。

　　她们带给我的意义，可以浓缩进一幅图里，供我随身携带。校庆那天早上，社团摆个摊位，卖些饮料零食的，骗些社团经费，我坐在那里咋呼地鬼叫着，其他人也跳草裙舞般忙成一团。吞吞和至柔不知从哪个角落冒出来，至柔肩上背着一把吉他，两个人的头发都长长了。吞吞穿一件宽大泛白得使人有怀旧感，系着吊带的老爷裤，至柔穿的是正式得引我发笑的军训裙，说是系上今天的晚会要表演，白衬衫加在上面，使正式感滑成妩媚了。两人嬉闹着，说要在我摊位上驻唱，帮我招揽生意。接着就侧坐在桌上，专心调弦，吞吞翻乐谱，准备好后，两个人微笑着对看一眼后，快乐又满足地合唱起来，第一首叫 Cherry Come to... 一个洒脱地拍击吉他，发出节奏声，另一个优美地款摆着身体，Oh, Cherry Come to...，雨轻轻地飘落，被吸进满足里，两人互相拂去脸上雨珠，天空飘下的仿佛是花絮。生命如此的美好，我早已不知道落在哪个转弯处了，却代以剽窃来 Cherry Come to... 的流水声，流穿梦中。

　　弗罗伊德的读书小组结束，那个礼拜五晚上十点。我独自熄灯，爬出全黑的地下室，被一股冲上来的自怜感催迫，摸索到一只公共电话，投下一块钱，打给吞吞。已经整整一个月没见到她的踪影，像亲人般想念她。

"吞吞吗？我是拉子。还好吗？"

"听到你的声音真好。对不起，今天没力气出门。"

说不出什么担心或想念的话，现实里的关系还禁不住如此厚重的表达，但两个人在如此深的黑夜里，凭一块钱，温暖地彼此触及。那一瞬间，像全世界的尘埃都落地。安静。

"我去看看你好不好？"

"现在？"

"就是现在。"

"好啊，你来啊，谁怕谁！"

十九岁零十一个月的我，投的那一块钱，意义非凡。像婴儿在地上爬，学会站起来所走的第一步。叫需要人。当时模模糊糊，误以为自己只是滥情地想去探望一个小孩的病情，多耍一次强者的龙套。其实不是，那是个重要的转折点。长期因不可见人的难堪内在，在被拒绝之前把全世界的人类都拒绝在外，逃开所有人与人深入的关系，连爱我的人都被我如"盲人坠海"般疯狂踩扁。毁容的人受不了自己的丑，把身边的镜子都打碎。吞吞却是我第一个主动敲门的人，自怜感愿意被这面镜子照出来。

"要不要吃点什么？"吞吞问。

"肚子真的很饿，有什么可吃的？"

"牛奶、面包、水果啦，什么都有。对了，我下面给你吃好不好？"

"太好了，我愿意。不过，如果需要我帮忙，就省下吧。"

"怎么会有这种恶客人，连假装客气一下都不会？"

深夜十一点，吞吞为我打开大门，全家人都入睡了。她接待我，仿佛在唱一首轻快小曲，格外使我自在舒服。

"你曾经碰过'荒谬的墙'吗？"端面给我吃。在我对面坐下。

"有啊，很早，十六七岁的时候，只是那时候甚至不知道那叫'荒谬的墙'。"面显得格外地香，我开始狼吞虎咽起来。

"那是什么状况啊？我可以知道吗？"

"没问题。"我做了OK手势，"只要你签下本人欠拉子一百碗面的契约即可。"白白的宽面淋了香喷喷的牛肉汤，还有软Q大块的牛肉。

"喂，牛肉可是我老爸炖的！那我们父女俩岂不成了牛肉奴隶和拉面工人了吗？"吞吞故作考虑状之后抗议。

"如何生产出牛肉面，我可管不着哦！"接着严肃地说，"那时候，好像是在一夜之间，世界整个改变，到底是哪些地方发动变动，当时的我也不是很清楚。只是突然被丢到一个全然陌生的地方，身边的人一个个撤退到心中不知何处，大声尖叫也没人会听到的样子，我事先一点都不知道，每天等着过去的世界转过来，把你从这样默默下陷里捞起来。每天早晨醒过来，睁开眼睛看到太阳就流泪，知道今天又是这样，等不到的，变成这样已经是铁的事实。"

"这样的情况你是如何结束它的？"

"也许'踢到荒谬的墙'那种感觉算是退去了。但那只是开始而已，拉开序幕后，我和世界的关系就愈来愈恶劣了。事实上，没有一刻停止吵架过。荒谬？还算最轻微的呢！你一直都呼吸着稀薄的空气，久了，就会强迫自己适应，否则一想到会窒息得更快。如果碰到更强劲的情绪，眼前的荒谬感就会自然结束了。"

"那不是像一对住在一起不断吵架的夫妻，只要其中有一个拿出菜刀或手枪之类的，吵架就会停止一样？"她笑得像随意伸手捕到蚊子般。

"好像真的是这样，起码我就是。那你的如何？"

"还没有到一夜之间世界整个改变的地步。但默默下陷的感觉是一样的,也一样不知道为什么会变成这样,突如其来地挡在前面,所以叫'荒谬的墙'。真正说起来,像车子突然抛锚,被丢进废弃车场一样。从小到大,我好像做什么事都游刃有余,大概是爸爸妈妈都让我很自由的关系吧,所以也不会特别想考第一名、长得漂亮或受人欢迎,但自然而然就会考第一名,周围的人很容易就喜欢我,长得嘛也算愈来愈可以,就是游刃有余使我称得上一个'快乐的小孩'。除了长青春痘和月经刚来时特别苦恼过外,讨厌的东西一下就过去了。初中的时候,用向日葵来形容最恰当不过,那时候生活很规律,每天回家都会先写完作业,功课很简单,上课听听就足以应付考试了,所以剩下的时间都是自己的。喜欢读《一〇〇一个为什么》这类科学丛书,自己钉家具和漆油漆,我房间的颜色是我自己那时候漆的呢!做什么事好像都会很快乐。高中就有一点苦闷了,觉得大家怎么都只管念书?我反而特别想把自己放松,不想再规律地写作业,所以老干活动股长,组排球队、练篮球啦,办和男校的联谊,资优生到'中研院'受训玩啦,戏剧比赛的时候也导了一场轰轰烈烈的戏,去'中研院'的时候还认识一个男孩子,追我到现在。虽然成绩在班上算中等,跟她们成长的气氛也完全不同,但还是过得蛮起劲的。记得那时候,晚上常要求我哥带我一起去骑自行车,夜蛮凉的,他骑他的,我骑我的,两人很少说话,我就专注地一下接一下踩着,绕一圈然后骑回家,高中就像这样,很喜欢这种感觉……"她说着说着又笑了。

"听起来好像没理由变成现在这样啊，有没有什么线索？"

"也许是大学生活形态的关系吧？真可怕，可能从前的生活积了一些细菌，太微小要用放大镜才看得到，所以一直积在地毯底下，长期下来，量也相当惊人。大学这种生活形态，平常没有人会来逼你做任何事，除非你逼自己，所以如果压在地毯底下有什么账要算的，这种松弛的状态，是最适合从吸尘器里结块弹出来的时机，一下之间，对于'瘫痪'半点防御力都没有。整个人都被拖进吸尘器里搅，很想伸手抓住什么把你拉上来。我第一个觉得可以抓的就是至柔，每天都很想她一直陪在我身边，甚至要求她晚上都睡在我家，晚上一个人在房间里很可怕，从来没那种感觉过，尤其是晚上，时间很沉重，每一秒都像是独立会奔走的无限，像用玻璃划破一刀才向前移一格，难以忍受。有个活生生的人在就会好很多。但是她也正为着吃重的功课在烦，很不适应大学生活，我又说不出来到底怎么回事，她不相信我很糟。我愈来愈没办法跟她说话，只是很任性地要求她做超过她所能做的，放开一切来陪我，我说这种时候只有她能让我这么要求。可是关系愈来愈糟，她原本就很容易悲观、毫无快乐，从前都是我逗她的，我罢工了以后，她更是面无表情，也不晓得怎么安慰我。我看到她那样的脸，更觉得难受得想大哭，只能忍住，一句话也说不出口。一段时间下来，这沉默实在伤她很深，我'下陷'的状况也把她拖累了。一个晚上,我叫她笑一笑好不好,说我受不了她面无表情的脸,她站起来面无表情地走了,说她做不到,不要再看到我……"吞吞一直注视着我说,眼神晶亮地放光。

"真傻,白白互相伤害,会遗憾的!会再去找她吗?"

"实在很害怕再看到她面无表情的脸。"吞吞双掌对空抓一下,显示难受的表情,眼睛闭上三秒,"一看到喉咙就堵住一样。我知道自己不对,可是太需要别人在我身边,又没有力气把她找回来。有一次,从我家走路到她家,走半个小时边走边想跟她道歉的话,连笑话都想好了。走到她们家门口按电铃,她只派她妹妹下来,要我回去。当场我就腿软,在她们家门前坐下,不知道该怎么办,如何移动回家去。隔了整整一个暑假后,在学校碰到两人已经都自动别过头去,不打招呼。每次碰到了努力要自己别跑开,腿就不由自主,然后那一天就完蛋了。现在白天已经很少想到她了,练习的结果,但梦里还是很常出现,梦到我说'我们不要再吵架了',可是她不说一句话,跑开,把我丢在那里。"她茫然注视我,我能感受到她梦醒的悲伤。

"我可以深切地感觉到她并不怪我,从她在梦里的眼神,只是哀怨。好像从这种裂痕中,她体会到无可挽回的东西,像箭射穿红心,重点不是什么箭,而是射——穿——红——心的动作发生了。"

我点点头,仿佛也可以看到至柔在吞吞梦中哀怨的眼神。又摇摇头,想奋力说出"不可以这样",也仿佛是要对自己说,但是话块太大怎么冲也冲不出口,只要轻轻说"会后悔",在激动中松软下来。

2

如果有所谓关于人种的百科全书,鳄鱼的学名可能是"善于暗恋他人的呼啦圈(或防盗铃之类)",理想上百科全书的编者应善用比喻,当然这只是对未来人类的期许。呼啦圈(或防盗铃之类)的注释是:机能启动之后会发出自鸣式的响声。

鳄鱼从小到大暗恋过的对象,集合起来大概有一卡车那么多的人吧,鳄鱼像是快乐运猪的卡车司机。从同班同学朝夕相处的人到有口臭的漫画店老板、玩具部小姐或晚上穿着汗衫收垃圾的"咿哟"年轻人,光是牙医师就有三个,同班同学的种类算最多,有擦黑板、抬便当时看上的,还有一个是对方午睡流口水时发作的,族繁不及备载。鳄鱼在它暗恋的卡车开过这些人身边时,一一根据精致独特的品位,把他们收集到车上。

鳄鱼有一口大木箱子,妈妈级的女子出嫁时的嫁妆箱吧。箱子里以木板隔成像蜂窝的矩阵，每个格子前都贴着目录卡般的纸片，注明暗恋者的认识时间、机缘、名称和特征，格子里放着暗恋此人的时期所写给他或她的情书。鳄鱼下班回到家，脱下汗水黏湿的人装后，哪儿也不敢去，经常躲进房间（说躲，是仿佛客厅电视里的人会冲进来，发现它藏许多人般的犯法感），打开木箱子，快速地回忆着对他们每个人所投注的特别爱情，感伤一番，用卫生纸擤擤鼻涕。抽出一张想念起的卡片，再写一封假想对方回信后的情书续集。

安部公房，这个名字射进鳄鱼房间的窗帘之后，暗恋的作业有点改观。鳄鱼决定从此把暗恋对象统统叫作安部公房某号，依序编目下去。大概是读了此人的《他人之脸》后，五花八门产生暗恋他人的根源，在里面都编齐的缘故。此书也启发它终究必须付——诸——行——动。

鳄鱼先生：收到你称呼我为安部公房1号的暗恋录音带，感谢得阴毛都要掉光。本人非常害怕加入你那黑箱子合唱团，被暗恋原本是幸福的，但难道你没有自知之明，只要是由你拿起指挥棒，我们这些安部公房的和声，悲伤都真雄壮。特借报纸一角与你划清界线。

3

四月一日吧,愚人节。梦生终于露脸,我一直在等他来找我。

汀州路的顶楼房间,他直接爬上五楼,从楼梯间的天窗攀过围在顶楼四周的铁丝网,直接进顶楼里,敲我房间的门。晚上十一点,这是他考进我所在大学哲学系后接近一年的时刻。他手被铁丝网割破。

"快点,跟我走。四月一日快过了,十二点不赶到,就看不到楚狂了。你知道我跟楚狂的关系吧?陪我去看他,否则单独见面,两人中必有一人非死即伤。"他用一只手抹另一只手成片状的血,冷笑着拖出一声"拜托!"

几乎是每隔半年,梦生就会突然出现。他的出现方式像是在大马路上走着走着,冷不防让人从背后抽走脊髓。自从他开始出现,就在我身上某处安装一个等待的装置,大概是在性格(或如果有所谓"自我"这种东西)泥土下的部位,看不见的须状毛细根。等待他的出现,毛细根得以一次吸饱专属它的养料。

梦生载着我先飞驰到楚狂住的宿舍,发现他不在后又立刻以高速骑到中山北路,沿着酒店林立的那一带路边,仔细寻找。在一张行人椅底下找到楚狂,他张开大腿躺在马路边的红砖地上。穿着白色牛仔裤，牛仔衬衫，像刚被丢进油漆桶里的白色胖子，醉醺醺对我们嘻嘻笑。

"喂，今年我可没迟到哦，还差六分到十二点！"梦生嚷着。

梦生抓着楚狂回到楚狂的寝室，说有些事想说给我听，严肃地请我一起去。他面露凶光对楚狂的两个室友说句"出去"，每人各递一张千元大钞，两个人含怨走出去，仿佛接收到小刀捅过来的讯息，一切干净利落。他具有的气魄，是像空手道一掌劈破木头的东西，很容易辨认。

我浏览寝室最内侧加钉的一堵通天书架，木头书格间工整地贴着分类标签，中间巧妙地开着窗户的洞，百分之八十是英文书籍，之中又有两大格的英文小说和诗。全都写着楚狂的名字。寝室虽然有四张床，楚狂却占了内侧的两张，用三层咖啡色立式书架隔在寝室中间，他独占半间寝室。除了有棉被的另一张床上，铺着满满的录音带和CD片，另一张书桌则摆放全套包括卡座和CD盘的音响，左右两边各立了闪着银辉的中型喇叭，桌底下还横放三格的木头书架，竖着古旧的唱片，外面钉着塑胶防灰尘。使用的书桌上排列的是砖块般的医学教科书，又散放几本拜伦、济慈、叶慈之类的英诗小集。除了书、音乐用品挤满半个房间外，几乎什么其他日用品也没。

梦生冲杯绿茶回来，灌进楚狂的嘴里。摇晃楚狂的身体，起初轻轻抚摸他的脸颊,像开玩笑似打一巴掌,之后半跪着身子,卷起袖口,节奏性地挥开臂幅,用力抽打。楚狂更歇斯底里地嘻嘻笑,紧抓住梦生的脖子,以额头猛撞他的额头,像摩擦石头起火,愈撞愈起劲,直到梦生奋力推开他,独自坐到椅子上抽烟。楚狂狂愤地哭泻,泪水撑破胸隘。听一个大哥级的人如此哭号,泪水宛如海底破了洞般冲奔,平生第一次也难以忘怀。他的悲痛似乎是无愧天地那种,是尽了壮汉体内所能忍受的一分一毫能耐,之后仍不能汲干的悲痛之海本身,借着他的泪腺和声带自然现形,于是声音里尽是理直气壮。不是当场受到他体内悲痛之海震撼的人,绝对切不中那刻间独特的感动,我的眼泪不听使唤静静地流出来,梦生的一只眼眶也涨满泪水。我内心反而出奇地平静,梦生冷冷地擦挤眼眶,我们俩都不是悲伤或同情,眼泪本身似乎也有独立的生命,接收到类似海豚召唤同伴的密话,要流归发源地般的盲目性,三个人被奇异地捆在同种共振里,那是不可言喻生命深沉点的体验。

"我们都尽了力,不是吗?"梦生对我说。像撬开冰窖的一个洞,流出暖气。

"这正是我想说的!"我说。并且也感觉到三个人都在想这句话。在那一瞬间达到人与人之间高度的共感,仿佛灵魂金钟罩门的地方被超强的精神力打通,灵魂和灵魂回复到原始状态,不经任何媒介得以自由流通。那样的状态,人与人间没有牙签的狭隙。奇观。

"今天到底是什么日子？"我问。擦干流得很舒服的眼泪。

"我和楚狂认识在四年前的四月一日。三年前他考上大学，我就把他甩了。之后还是常来找他，愈来愈少。分开时他叫我起码每年的四月一日去看他，哪一年不来或忘记了，他就会死。"

"是威胁吗？真命如此？"我有些怀疑。

"不是。"梦生揉着眼睛摇摇头，"你可能不能体会，我之于他就像他生命的剩余价值一样。不能说成他是为另一个人活着。没那么简单。他从小到大所背负的伤害与悲伤，早在他十八岁碰到我那个点就满了，那时他就决定要放弃他的生命。是我拉住他的。"他回头看一眼哭累了暂时趴在旁边的楚狂，轻抚鼻子。"说来十分戏剧化，我跟他原本完全不认识，更没见过面。那是我复学后刚进高一不久的事，楚狂读高三，四月一日傍晚放学走出校门，他走过我旁边。一下之间，这个陌生男子的脸像放大一样跳进来，一张我所表现不出却集合我内在全数的感受，熔铸成的表情。灰败如烂叶，纹路一条条栩栩如生刻画着悲伤的地图，唉，是受难者自弃的标识。我一直跟踪在他后面，走到站牌，上公交车，到火车站换火车，到基隆又搭客运，连坐在旁边也没被发现，他低着头被裹在与任何东西完全隔绝的厚空气里，最后下车走到一个无名也无人的海边。这一路，我完全不是意识清楚地跟踪，比较接近梦游，像被与此人共有的磁场吸走，参加一场仪式。离海水还有一段距离的地方，一块石头绊住我使身体振了一下，突然清醒过来，脑里出现提示，于是我追上十公尺前的他，扯住他的胳臂说'不要去死'。于是一切又重新轮回。"他咧嘴一笑，摸摸楚狂的头发。

"说那句话其实很愚蠢。之于别人的生命我根本没有权力那样说，尤其后来知道这个人如泥浆的内容物之后，更讨厌自己到底凭什么使用意志干扰别人的意志。我这方扯住人家手臂的意志是没经过任何思考偶发的，而他那方是活生生承受那些内容物之后，集中全力下定决心的行动意志。我的意志要一个他人再活下去看看，但在那活的身体之中的可不是我，到底是什么无聊的关联性，使我不假思索地说出那句话？我想过的，虽然懊恼，但再重来一次，恐怕还是这么做。"梦生把头低到腿间，抓扯头发。楚狂已坐起身，哀怜地注视他。

"梦生。我相信无论如何。只要之于死，你仍然没有翻过去那边，躺在死的事实里。就表示你体内还有某些东西在反抗死亡。所以那时说那句话的你，只是不习惯死亡罢了，想要阻止它在你的世界里驻扎。那是每个活人的天性。没有特别的错！"我说。

"反抗死亡。真的是这样吧，就像出生就配备的能源装置。所以不管头脑再怎么厌恶活着这回事，身体总顽强地死不掉。连别人要死都不行，还要把他拖回家哩，可笑！"梦生自嘲地说。

"然后呢？"我想知道后来怎么会变成这样。

"换我来说吧。"楚狂红肿着眼睛，声音极沙哑带浓重的鼻音说。"当他扯住我的手臂说'不要去死'后，我就像刚刚那样哭起来。当时虽然我高他两届，但在生理发育和对待他人的能力上，他是比我成熟得多。他命令我不要哭，叫辆出租车载我回他家。他反而像个长辈一样，要我说出所有关于去死背后的内容，他一向有钢铁的气魄，那时又温柔，在我最软弱的瞬间嵌进来，我全部的欲望那时可说都吸附到他男性的温柔里。小妹，你相信吗？我就像个失魂的小人儿一样融进他的意志里，仿佛他正是我想当的人，我臣服在他脚下，任他对我予取予求，甚至渴望他取走我的精魂或把我装进他体内。在他房间里，他似乎也接收到他对我的这种权力，于是轻易地取走我。我无休止地流着泪，他听完也流着泪，他体内涌出某种我也感觉得到的欲望之流，很具体又强烈，从我们意识未知的领域，伸出的一只手。他伸出那只手轻巧又温暖地脱掉我的衣裤，我无言地服从，那只手饱含触感地爱抚着我的裸体，我也伸出一只手把他的手拉过来，握住我的阴茎。那股欲望之流到底从何而生，探究也没用，当时它可能就是残存的'生之欲'倾注的具体管道吧。人不就是万种欲望的孔窍吗？欲望就是从某个孔窍流出来这种事实，谁也阻挡不了。我们却要被欲望教育去面对新世界的构成，面对不了就是死!"楚狂由颤抖的声音渐渐恢复平缓。

"新世界的构成。"我点点头,能体会它的含义。"有些欲望实现出来后,无论是否能满足,本身就是挫折。这就牵涉到'新世界'的问题,像被男子握住阴茎的事,突然超出原本对自己世界估量的范围,更何况是生自体内的渴望,连自己对自己认识的根源都被掘起。既挫折身为人的根源感,超出估量范围地回过头来,把原先的元素搅进新的构成比例中,眼前要行走下去的变成'新世界'。是不是这样?"我把楚狂的话加以延伸,他说的话黏到我体内重要的东西。

"小妹,真的很喜欢你。可是你为什么也有这种感觉呢?"楚狂恢复自尊心,似乎对刚刚的哭泣害羞着。我并没有回答。

"就只是突发性的欲望?没有爱情?"我继续问。梦生站在窗前,如枯树般望着漆黑的夜色。

"之后,确实是爱情。高三那一整年,是我最幸福的一段时间。他常常陪我在郊外的小路上无穷尽地散步,有时候到无人的海滨游泳看夕阳,在炙热的沙滩上做爱,我念诗或讲歌剧给他听,然后他明目张胆搂着我走回马路。背德的爱,危险得间不容发,甜美像高浓缩的蜜汁。但也注定不能久长,慢慢地女人的事就缠进来了。起初他还瞒着我勾引女人,对我渐渐减少热情,后来被我发现,干脆明目张胆,大部分余暇跟女人约会,也直接告诉我他的约会行程,想到要调剂才来找我。我实在太爱他了,忍受着接受他的不公平待遇。有一次,他甚至捉弄蚂蚁似的把女人带到我房间,要我躲在浴室里看他怎么搞女人的,那一整夜我爬高从浴室的天窗看他们,站到腿软从马桶上摔下来,每个细节都伸进我脑里虬成盘根错节的大树,像浸泡在液体中浮烂肿胀……抓起修发根的尖嘴剪刀戳自己的大腿、左臂和腹部,没冲出去,也忍耐着不出声,对他的爱铜衣铁甲般封固着破坏性流出。我考上大学后,他跟我说完全分开吧,我不可能满足他,他还需要女人,对我的爱已经不纯粹,更多是怜悯。我还眷恋活着是因为还有他这么个人活着,早已放弃他会来爱我或带给我什么的希望,也没觉得是为了等待把我的爱给他,就是想到他线上的某一边,就想要跟他同一边,反正线的两边都白茫茫的,梦生就成了我唯一的参考点。"楚狂用手搓搓他的大鼻子,嘴边的胡髭冒着汗珠,他的嘴唇厚大,最后一个字停在半空,嘴还微微掀动。他的丑里自然带着小丑的怒意。

"楚狂,不知道我这么说对不对?你要梦生每年起码来看你一次,而由于生死的两边对你都是白茫茫,就干脆把选择的责任抛到他身上,这也是报仇的方式之一吗?"这两人命运的绞缠性,光聆听就吸干我的精力和智能,有股冲动想逃离他俩,关掉展现在我眼前人性纠葛的怖栗景观,如万仞峡谷。回到我内心的沙漠,纵然荒凉都比这儿温驯。

梦生嘻嘻笑,似乎是他对我这个问题的回答。夜半两点,男生宿舍楼下传来拖鞋拖地的沙沙声,伴着窗前大树肥阔叶片的舞动,夜忧愁的韵致,勾描成形。不知何时,梦生已卸除衣服,裸体在屋内白痴似的绕走,时而学女人扭动臀部,时而刻意晃动阴茎……自己沉醉在孩童的行为中,超出放浪形骸或下流的意味,更接近净化浑浊的转换。痛苦,似乎振臂举手。

"欸!不会介意吧?咱们三个去性化相处好不好?我说尽量啦……毕竟三个人都被性别这头箍得变形,每个人多少都会,只差我们是唐三藏钟爱的弟子。这以后再说。"楚狂羞赧地伸出邀请友谊的手。

"嗯,可以组成'无性化共荣圈',专营卫浴设备好了!"我心里高兴他这番提议,不用多加说明,仿佛他可以想象到我的历史手册。我决定放心,关于自己不要勉强说些什么,没说也不要不安,自然想说时就说。对这两个男子打下地基般的信任。

"刚才那个问题,小妹……"楚狂有点寻求保护地握下我的手,"比选择跟报仇……位置更深……我不行了……身体和心理在十八岁投海时……就打——死——结了……这三个字是我的精神医师说的。十八岁后再长的部分……散成一片……互相吵架……间时也斗嘴(笑)……不过,吵得厉害时,打死结的地方还是会登高一呼的……

我很难整理好自己……梦生,就像费兹杰罗写的《大亨小传》……盖次壁常在门前的海上……看到、远方、有一盏小绿灯……他天天看着小绿灯……如果熄了、就没了……所以说,只是参考点……你懂吗?"

楚狂婴儿般地微笑,我情不自禁地轻摸他的头发。楚狂安心地侧头靠在我坐姿的膝上,梦生也过来靠在楚狂的背部。露水滴在鼻尖。

4

鳄鱼生活手册——居家篇:第一页。

据本社特派调查员跋山涉水走访全国近百位鳄鱼,统计成一份鳄鱼的生活样本列表如下。最近热门的鳄鱼之谜,据激进神学家的预测,若不是将在鳄鱼之间出现一位神派遭降世的先知,就是神要让所有的鳄鱼上火刑台。无论哪种可能,鳄鱼的生活都值得世人密切注意。学习或唾弃。

爱看的电视节目:来电五〇、综艺一〇〇、七〇〇俱乐部。

爱听的乐团：满屋子谎言、爱说话的头们、舌头的家务事。

使用卫浴设备：和成 HCG 牌（卫生纸是舒洁）。

使用内衣裤：豪门的华歌尔。

常做的家事：编织毛线。

默念一遍：信神得救、神爱世人。

鳄鱼失业在外闲逛。在车站的公用电话旁，发现一大叠印着"赠阅"的小手册，发行的是"基督之光"。鳄鱼好惶恐，怎么怎么连基督都注意到它了。它喜滋滋地拿出一支红笔，把前面六项都径直杠掉，在最后一项前头打个大勾，拉一条红线到旁边写"百分之百正确——基督也可以偶尔犯错，不要难过哦！"翻开手册，放在一大叠的上面，作为校订后的版本。偷偷钻进公交车里，露出满足的酒窝，注视公交车照后镜里……扩张的……

乡愁。肥肥的小胖子穿着圆嘟嘟胖外套……辛苦用力攒动小肥手，右手的长棒针、左手的白毛线团……周围坐满满一教室麻雀叽叽喳喳钩毛线的小女生……小胖子独个儿专心憨傻在钩毛线擦汗……（镜向后拉，景拉高拉深）二楼环坐一圈西装礼服的高尚男女……高尚女手挽高尚男，高尚男手叠放腹前屏息聆听……音乐会响起交响曲,华丽典雅之中小胖子变瘦一圈仍穿胖外套松垮垮继续织毛线……解开里头毛线衣织进棒针下拖出一条白长围巾低头偷偷咕哝……(镜再后拉,景拉出整个建筑,之前只是一楼二楼的小部分面积)原是三层圆锥形的竞技场群众喧腾……中间圆形广场瘦成一把柴的小胖子孤独织出一只白茸茸的狗……雪落在白毛上。塔科夫斯基啊……

5

一九八九这年,我在汀州路住第二个学期,二十岁生日即将在此度过。

二十岁。也是对人生最绝望的一个波谷。不知道该以什么方式生存下去。

严重地欠缺真实感。现实里所进行的事——家人偶尔打电话来、贴在书桌前每周二十几堂的课程表、满满一教室随铃声聚散的陌生学生在听课考试、坐在社团办公室桌上对人来人往不断说话打闹应酬、与一些人共同读书办活动聊天、晚上填补时间地排满家教和编剧课程、偶尔认识几个语言相通的人就纵情高谈……这些到底与我有何干系？我参与在其中，搅动它们或被搅动，无论是以什么方式嵌进去，总是被现实排在外面，身体在勤奋地行动着、嘴巴在漂亮地开阖，但我知道一个我在此，不得不填塞进美丽的时间格子，另一个我在家，烂醉如泥地昏睡。正如毛姆在他的回忆录里所说的："我的人生出奇地没有真实感，像一个我看着另一个我在海市蜃楼扮演各式各样的角色。"我渴望扎进现实里啊！

五月，社长职位卸任，从梵谷《吃马铃薯的人》画中掉出来。画中灯光昏暗，四五个脸部浮肿、眼眶黑洼的人，围坐在阴森封闭的地窖餐桌旁，分配马铃薯……新旧社长交接的会上，吞吞和楚狂都坐在讲台下对我微笑，至柔没来……与水伶分离后，寄生在社团整年，勉强将自己钩挂在现实生活的腰带上，如今犹如画中央背对着的人影，掉出来……站在讲台致辞，语无伦次，分配马铃薯的动作噙着悲哀……一种长期蔓衍累生的心灵病痛，隔在我和现实生活中间，厚玻璃愈来愈厚，很难冲破……生命如此困顿。

二十岁生日，死吧！死亡的欲望一点一滴侵入我意识的领域。生日前夕，带着大学两年的日记，封死在包裹中水伶的信、村上春树的小说《挪威的森林》，以及爸爸的金融卡，搭夜行火车到高雄，途中经过家的那站，当白色发亮的站名映入眼中，眼泪随车呼啸疾驶，被风强行掠走。深夜一点多到高雄，摇摆走进大饭店，在514房间住下。崭新的设备，洁净的床罩，宝蓝的地毯，参差有致的白色冰箱、电视、音响、化妆台，加着纸封条的卫浴设备，摊躺在床罩上，仰望这一片整齐的冰冷，拆开一封信——

　　在你打开这封信的同时，想必在心里责怪我为什么在经过这么久后，还要写这封信打扰你平静的生活，或者厌烦我是不是还在那儿想不清什么地来纠缠你，孩子气总长不大。都不是的，请听我说，我是来告解的，因为现在的你既已跟我要说的这些，无关到可以轻松地听完而不受任何影响，过去的你又是唯一相关，我可以尽情对她诉说的人。所以你只要打开，把这封信读完，然后在你探监时，对那个被你监禁起来的人顺便提起就可以了。

　　你走后，泄了一地的爱没人要，把我独留在风雨中，怀着满满为你而生的爱，不知道要往哪里去。也不是没想过随便跟哪一个现在出现的人走，让他带我逃开这里远远的。但总在还没真正尝试过，就嫌恶起别人较诸你灵魂的粗糙鄙俗，仿佛让别人沾染一点我的心，就会弄脏我们的爱，光想到就委屈得好难受。更不可能借着恨你而阻止逐日膨胀的想念和爱，我努力要恨你，可是没办法。最后我彻底放弃逃开这里或寻回你来的愿望，更安心地待在你抛下我的地方，幻想一个全新完全符合我的愿望的你，我在心里与这个新的你相爱，走在人群里，并不孤单，反而觉得自己像是正在恋爱中的女人一样，幸福得要恍惚起来。我可怜的爱情，在你走后它才真正出生，像一个刚落地就只有妈妈照顾的苦命孩子。

对你愈来愈深的爱,不知道该怎么办。果然如你所预料的,我来不及明白你对我的意义。我不像你,从一开始就知道是爱,所以知道在能爱的时候尽量去爱,也在不能爱时,准备好不再爱。而我就只是糊里糊涂地被你吸引,一路跟着你认识到那个热烈的你,如此信任地完全交给你……于是最令我痛苦的是,直到绝情的你把对我的爱监禁起来,我还不明了那就是"爱",不是在否认,而是太在乎自己"爱"的定义,不愿随随便便说出口,要让杯子里自动满出清甜的水,再去湿润爱人干渴的唇。怎知我竟没有机会给出我的爱!

可否答应我最后一次,如我所想你般地想我一天?最后,让我再放肆且温柔地向你说一声——我爱你。

一九八八年七月二十一日

《挪威的森林》:"我失去的可是直子,那样美丽的身体已经从这个世界上消失了!"悲伤从我石化的心裂开,惊涛骇浪淹没死的堤岸。

第五手记

1

一九八九年，进入大学时代的第三个学年。经过第一年爱欲挣扎的炼狱生活，断脱爱欲后的十八个月里，"盲人进海"式垂直下降的心理风景，直到我进死亡的黑洞，在洞底唯一的声音是水伶的呼唤。那呼唤在我耳畔忽远忽近，我在生与死的隧道中冲撞，沿着她的声音，在混沌之中仿佛有一丝死。

觉得只有水伶才是属于我的真实。那一年多里，在汀州路顶楼的单人房，每到黑夜，我独自睡在石棺中，清清楚楚地知道世界任何人都没有关联，除了水伶外。内在的真实和外在的现实几乎完全错开，没有一条纹路对得起来。她的眼神、声音、片段话语，像吸血虫般盘附在我身上的形象，吸吮我肝脾之血的力量，虽然被我用透明塑胶袋装来，我把自己跟它们隔开，但当死亡的白色泡沫从窗隙门缝渗进来，盈满地时，我惊讶地发现，只有她才是从我心里长出的东西。

那是一种对世界的新观点，或许很早我就用这种观点在抵挡外界，而我没"发现"它罢了——原来，从我心里长出来的东西，对我才有用。相对于其他，我活在世间二十个年头所揽到的关联、名分、才赋、拥有和习性，在关键点上，被想死的恶势力支配，它们统统加起来却是无。从小家人包围在我身旁，再如何爱我也救不了我，性质不合，我根本丝毫都不让他们靠近我的心，用假的较接近他们想象的我丢给他们。他们抱着我的偶身跳和谐的舞步，那是在人类平均想象半径的准确圆心，经计算投影的假我虚相（我是什么很难聚焦，但什么不是我却一触即知）；而生之壁正被痛苦剥落的我，在无限远处涣散开，远离百分之九十的人类跻身其间，正常心灵的圆圈。

没有一个人我想去说出我对自己说的话，没有一件事我做了会减少痛苦，没有一条具体的原因让我把自己固定下来，尽管在我胸膛享受他妈的一团糟的一切。之外的就是无。

到底什么是真实呢？连"真实"这个抽象概念怎么在我心里"真实"起来也只有模糊的影。但这个字眼仿佛是能把我整个叉起来的支点。像刚进监狱的囚犯，必须将随身的衣服饰物装进塑胶袋，换得一支保险箱的钥匙，我全套的生活配备，相反地如同囚犯身上那袭犯人装，仅仅挂在体外。我渴望的，是旋转钥匙，看一眼水伶活生生的眼睛。

像我这样一个人，一个世人眼里的女人——从世人眼瞳中焦聚出的是一个人的幻影，这个幻影符合他们的范畴。而从我那只独特的眼看自己，却是个类似希腊神话所说半人半马的怪物。我这样的怪物竟然还有另一个女人愿意痴心地爱着。自从我成功地甩开这个痴心爱着我的人,成功地逃离我既渴望又恐惧的爱欲的对象,经过长长的十八个月后,这件事才仿佛从遥远的某根蜡烛开始点燃,一根传过一根,终于点亮我眼前这根,也正是在我周围完全漆黑的时候,让我看到火光传递的痕迹,痕迹的舌头舔到我——无论我是谁,无论别人怎么看我,无论我知不知道自己是谁,在这个世界上可有个人,她早已完全接受我,她时刻将我揣摩在心上,实心实地爱着我。

这是事实!大三暑假,我刚刚搬到公馆街,在一个蓝紫的深夜,这句话打进我。夏末秋初的交界,夜色清凉如精灵泼倒水银,我坐在街口和罗斯福路交角,一家关门的乐器店前面的红砖道上,脑里回荡着一首钢琴曲。Thanksgiving,宁静且被宗教的气氛所包围,我轻轻吸吐着烟,回想离开老家独自在台北度过的五年。岁月把一些人带给我,又带走他们,什么也不留。这样深的夜,废弃的城市的一个角落,我还是在这里,独自在旷野烧着狼烟。

记忆的齿轮缓缓地错动——小时候一家人共同生活在一起的情景;一个个小孩子接连着离开家,轮到我瘦小的身体背着行李来到台北求学;高中时代暗恋的对象和几个一起历经成长共同哭泣的精神伙伴,也被接续的成长乱流各自搅开,不是强迫性地形同陌路,便是再见面已辨认不出过去彼此相连的情感,只余噤若寒蝉的悲伤;大学时代宛如置身稀薄溶液,人与人的颗粒更不易相遇,几个友善的人试图接近我,都因地壳变动的精神状况,错待他人而失之交臂;

唯一的绿洲,水伶,也如虹般泯没,像地球人登陆月球的里程碑,从此飘浮在外层空间无尽的无重力之中……一张张人脸挤进我脑中,每张脸都储存一部我的情感、爱、苦涩或者悲伤,对我而言最重要的东西,但一次又一次的"分离",似乎是无可避免的分离,把我和所爱的人切开,时空的变动,魔术般把对我而言重要的东西变没有,最后据守的记忆堡垒也终将不敌。

红砖地上,恍惚间像红色和蓝色的琉璃在交错游动。"分离"的主题滚过我记忆里的每个关节,我仿佛可怜的小鸡抖掉身上雨滴般,浑身打颤,眼泪随着 Thanksgiving 的旋律滑落。我张开两腿,两腿间有一瓶啤酒。我流的不是痛苦的眼泪,是懊悔和了悟的眼泪。恐惧分离啊,原来这些年来我都那么深地憎恨着分离,原来我一直都在我心的最深处不原谅世间有分离的存在,原来我还是用小孩捂住脸赖着蹲在地上哭泣的方式,在心中仪式化地拒绝与所爱的人分离,原来我正是用加速分离在逃避分离,这就是那些莫名所以的分离情节在背后一手导演的居心。分离这个主题,像埋在地底的亚特兰蒂斯王国,瞬间完整地浮突出来。

我穿着深蓝的运动长裤,踱步到大马路,喧嚣臃肿的台北市街道,在白日犹如一条肮脏的臭水沟,进入深夜就出现它幽静的深奥面貌。坐在天桥的阶梯上,我曾在不知多少个寂寥的深夜,以相同的姿势坐在不同天桥的阶梯上,想着我生命中重要的那几个人,她们就代表着我的编年史,如今天桥的颜色换成紫色,我深刻且清醒地知觉到自己是待在同一个地方,这些桥也是同一个桥,我也如同此刻般蹲坐、手抱双膝,以这样的姿势观看腿下的世界。

啤酒的味道特别涩,两年独居的大学生活,不知喝掉多少啤酒,犹如暗自流掉的眼泪,但似乎连啤酒跟我之间的关系也在此刻变得醒觉。我的脑轮转起一个问题:如果我现在死掉,我对世界到底有什么意义?无论如何,即使我再变成什么样身份的一个人,也不会超出这样的意义,擦去一具蹲坐的姿势。而世界对我又到底有什么意义?我激动起来,喷冲而出的感情使我不自觉颤抖,有的,我的整个身心都在渴望世界,渴望它抚摸一下我这个小孩的头,还有,我深深地爱着某些人,这份爱就正具体地牵动使我痛。

突然间,我站起来趴在桥边干呕,胃内空无一物,酸汁清楚地在胃壁倒流——"我杀死我所爱的人",这样一句话随着我的干呕,从我嘴里被强硬地吐出来,像体内的一团小生物用力扳开我的嘴,自行弹出,接着我的胸腔发出"呜呜"哀鸣的振动声。一座地底坟墓的景象出现,我心中最重要的东西被象征化出来。我和世界之间关系的地图,像埋在泥土里模糊晦涩的线条被牛犁犁深,整块挖起。

我任由自己放声大哭,哭声再如何大,仍只是车声洪流经我耳边的杂音。我把我所爱的人一个个在我心中杀死,埋在坟墓里,我就是坟墓的看守人,我每天躲在坟墓里对着他们流泪,每当星星出来时,就爬出坟墓把十字架插起来,没有星星的时候,就躺在坟墓里等死,这就是"分离"的亚特兰蒂斯王国。在瞬间,我明白了许多许多,从来没有一个意象把我内心未知的部分洞开这么大片。其他人都死了,只有我一个人活着,我的世界就等于坟墓,所以我如此悲伤。

马上我就看到一口最大的水晶棺材,装着水伶的。前面所说,这个女人在痴心地爱着我。到这里才在事实的层面上对我发生作用。我对世界的知觉(在观测我的整体结构上,这是个重要的深水镜),使我选择与这个女人分离,将她杀死装在水晶棺材里,永远保存或占有她,而逃避掉现实关系的种种威胁,以及实体的她在时间里的变化,相对于我的知觉,这两者可能才会造成我所深深恐惧的真分离。用加速分离在逃避分离也是这样的意思。

如此解释了为何十八个月之中,我没有让她再踏进我的世界一步。绝不是不想和她说话不想看到她,相反地我对她的爱深化成如已结成两面的铜板,然而之于我,将她的尸体保存在我的水晶棺材里,可能更接近我的真实,那里是我可以相信恒久不会动摇的世界,令我完全放心。甚至,水伶这个人活生生的生命,对我仿佛也无紧要。

水伶是活生生地跟我在一起活在这个都市里,甚实。怎么办?

2

一九八九年。水伶。公馆街。悲恋的第二回合。

"哪,这给你!"

一个冬天的早晨,和前年相同的季节,我上完游泳课,全身冷得打哆嗦,难得早起的清晨,校园操场边的绿草皮结着细致如毛细孔般的露珠。骑在操场边的人行道上,突然一辆脚踏车横到我面前,将一封信丢到我的车篮里,转身又骑走。我差点尖叫出声,是水伶。

"怎么跑来了?"我快速骑车赶上,找出我一贯对她使用的温和宽厚的语调。想象过千百回的景象,如今真的实现了。在这十八个月里,偶尔几次在学校远远地掠见她,就已经犹如被烈火烤伤,落败逃亡,所以一直认为,如果她真的跑来站在我面前,并且开口对我说话,我一定会死。没想到果然成真时,我竟如此自然从容,像用大浴巾愉悦地擦着湿漉的发。

她不理睬我,头也不偏地专心骑车,缓缓踩着踏板,注视前方的路,被一层薄膜包封在耳聋目盲里。紫色的长围巾,我应该是比她更男性化的,但披着围巾,牛仔服装扮的她,显出令我叹息的帅气。我在她旁边并骑着,到了路口,她自然地骑向前,不顾我各式各样的探问，待她穿过交叉路，我被激发起来纠缠她的心顿时软化。停下来，眼巴巴看她远去。

回住处，内心搏斗几回合后，又返回学校。坐在她上课课堂的后座，目不转睛，盯着斜前方靠窗座位上的她，她专注听课的神情依然没变，如此的距离和时空错接，挑起我尖利的酸楚。眯上眼睛，仿佛只要一根手指头便够得着她，实则有无数个崖横在我们中间。每次，只要她一出现在我的视线内，就以为可以轻易够到她，拼命踮起脚尖探长手，奈何眼睛估量好的位置，成像却后退又后退。

她无言抵抗了许久，想绕开我逃跑。我亦步亦趋地追踪，紧紧跟在她身后，盲目地被牵引，像吐出黏丝绑住小虫子的蜘蛛。她的素色信封里装着一首短诗，表达她对我印痕般哀愁又宿命的感情。在这样彼此吸引又推斥的磁力过程中，爱欲被高度激发，交混着狂喜与痛苦，完全丧失自己的。

她低着头走，回过来含怨地瞪我几次。到湖边，停下来，转过来站立在我面前。睁圆眼注视我，展现隐藏着羞涩的大胆，问我：

"你来干吗？"

"我也不知道。"我回答，既无辜又准备像从前般厚脸皮，吃定她。

"不知道那你——来——干——吗？"最后几个字几乎是嚷着讲的。

她气着质问，然后自己又笑出来。仿佛她在自己跟自己玩。面对着湖，她坐在白色铁椅上，手指头钩搓着一件红色毛线衣，脸逐渐飞红。

"对不起，我一时失控，你突然把脚踏车骑向我，出现在我面前，于是我没办法克制自己，一直跟着你。"

"一时失控？那你叫我在你一时失控之后怎么办？"

"如果会改变就改变，不会改变的话也只是跟从前一样。"

"不一样，不一样。"她用力摇头，对我因强烈不满而露出极严厉的表情，仿佛犯了大错般在自虐着。

"我应要跟别人在一起了。"

她在歇斯底里地摇头之后，突然蹦出这样一句话。秋季，连接三年相同的这个节候，醉月湖上的秋风爽飒地掠过，满及遍地的绿野，湖水微微颤动，包围着湖的树也窸窸窣窣地摇曳，我可以生动地感受到自己肺里迅速地交换着清凉的秋意。前年、去年，我都如此孤挺在这般的秋野之中，仿佛造物里菱色的一点黄斑。如今，这黄斑因她的一句话点醒,晕开使我全枯。

相拥在一起哭泣,我们像一对亡命天涯的情侣。仍是孤挺在秋野。

她怨我为何不早点出现,我知道她的痛苦。我也高吼着为什么要跟别人在一起,她了解我的痛苦。像两匹兽在做最后的对决,用利牙撕裂对方的肉既是爱也是恨。无法互舔伤口,只能在对方面前尽情哀鸣。

更何况,那个"别人"也是个女人。这句话刺中我,我哑然失声。

水伶说,就在前几天,她生日的那天,她刚收下那个别人送她的一枚戒指,答应要跟那个别人在一起,并且承诺要跟她一同出国留学。而我偷偷放在水伶家门口的玫瑰花,正好是她从生日烛光晚餐回来后,用戴着别人戒指的手拾起来流泻出再接触的欲望,这个在那天之前为她日夜等待的讯号,再度要催着她去作失魂的狂舞,且这次的狂舞是铐着另一副枷锁的。

等我到第十个月,她傻笑着,眼睛僵直如木株。日日夜夜跟我在一起,神魂颠倒像疯子,她想攀附在一个别人身上,逃离开这里。她快速瞥了我一眼,像剑尖。于是选择一个跟我比较"接近"的别人,而不要选择一个不同类别的男人。因为那会弄坏她所保存完好记忆的我,她说,她已决定好要带着我跟别人走了,谁也夺不走,她心中的我，尤其是现在的我。

我内心装满疼痛，罪疚她因我非理性的断然离去所受的疯狂折磨，怜惜她背逃我的行动底下所隐藏的自虐意涵，且她固着因而病态的爱使我痛进骨髓，更由于恐惧再失去她所珍藏过去我的意义，她对现在的我转化成强烈的敌意。

天啊！捶胸顿足。她不是将坠入永劫的轮回吗？

3

水伶：

换我来向你告白吧。今年我过我的二十岁生日，独自一人，我想死而没有死成。没办法把自己丢出去，朝死的悬崖纵跳，我自己跟自己做好决定，但身体内供应决定的力量还不够。在脚探崖岸的关卡，你在我心里发生强大的作用，我突然明白在这个茫茫的世界里，有一个你在爱着我。就是这样，且只有你，家人虽然爱我，甚至能为我牺牲一切，但那个我不是我，任何人也爱不到我，痛也不会止，唯有你是与我的心理病痛相连的，我曾经以我内在的奥秘完全面向你，我们之间的爱像X光一样穿透我混浊的核心。所以我最后还是不知从哪里的绉坯中记起这件事"有一个你在爱着我",这件事早在一个未知的隐秘角落钉住我,叫我脱不出生的领域。

在过去我从不明白,顷刻间顿悟,使我悲痛欲绝,像我生存的实际疆域被画出来一般,我没能力死,而唯一钉住我使我隐隐眷恋活着的一件事,我早已将它推开,我的方向几乎已经完全背离,唯一那件在我内里暗暗发光的事,我却由于不明白任它从现实世界溜走。

所以我回来了。没错,是回来了。从此,我这个人有一百八十度的转变。我想要照顾你,我想要再跟你发生现实的关联,那从一种致命的恐惧变成活泼的愿望,对这份爱欲致命的恐惧确实神秘地褪去了。你生日我送玫瑰去,没有特别想要改变什么,也许你会觉得荒谬,那样的行动只是代表我不需要再阻止我对你的自然感情罢了。

相隔十八个月后,我又站在你家门口,雕花的白金铁门,很释然。知道你会永远生活在里面,我不必急着找寻你,你就在我的疆域之中,雕花铁门内。我们的关系那时候在我心中变成这样,再也没有什么东西可以把我们分开。我跟自己说,无论在现实里我们将以何种形式关系着,我要回到我的疆域上,在精神的界面,像守护神一样在你旁边。而如此,任何东西也阻止不了我们生命的结盟。

你在爱着我,这样的义理,过去我不曾真的明白过。相反地，这正是死病的核心。我不相信有任何人会爱真正的我，包括你在内。

为什么会不明白？这牵涉到我内在的问题。自从青春期，我开始懂得爱别人来，我就不明白我之所以是这样到底有什么道理？对于我身外另一个人类的渴望这件事，像一把钥匙，逐步地把隐藏在我身内独特的秘密开启出来，像原本就雕刻在那里的图案从模糊中走出来，清楚得令我难以忍受，那是属于我自己的生存情境和苦难。

你知道的，我总是爱上女人，这就是我里面的图案。然而你不知道，当年陪伴着你走的我，内心有什么样的痛苦，那是我没办法让你明白的。活着就是痛苦，活着就是罪恶，那把我跟你隔开。

我曾说你太快乐了，那使我很寂寞，其实是我自己被苦的石灰岩层层包围，你碰触不到我，你只能靠爱情中的直觉，像盲人点字般摸到一块轮廓，而痛苦时时转向我裂解，那样的石灰岩内部，你几乎是完全无知的。所以自从你加入石灰岩，像硫酸一样加速我痛苦的裂解，直到裂解的产物淹没我，叫我叛逃的那个点为止，你并不了解我发生什么变化，也不了解你的命运正被我卷向何方。

之于你，爱上女人是件自然的事，如同爱上男人，你不相信悲剧更不愿承认眼前有不幸在等着，所以你常把我眼中的剧烈痛苦火花归诸于我天生的悲剧性格，你只享受着幸福，以及畸恋中特有的激情。

而我是你年轻的父亲，我是你具有特异精神美感的恋人，一切都平凡，就是你眼中的平凡幸福，使我被判必须孤独地承担属于我们共同命运的重量。虽然爱情在我们之间产生，但我们经验着剖开的两半。

我活在一个"食物有毒"的世界上。我爱与我同类的女人，以一种无——可——救——药的姿态，从爱的自觉在我生命中诞生，直到目前，"无可救药"这四个字包含我全部的苦难，这个判刑也将是我贯穿一生的重轭。

顺任自己的爱欲，吃下女人这个"食物"，我体内会中毒，面临这样的设计，我跟自己解释有三条路可走：(1)是改变食物，(2)发明解毒剂，(3)是替代性生存策略。

改变食物。这种方法是在我接受你之前，设法想扭转我命运的全部努力。整个青春期我都把精神花在隔离自己的爱欲，那是在我发现压迫自己朝向相反方向的无用性之后，暂时能把对自己的恐惧圈在一个范围里，避免它无法控制地扩散唯一的可能。

这是一个自欺欺人的假设：如果我能爱上男人，爱女人的痛苦就会消失，原本对自我认识形成的事实就会"不见"。其实爱女人跟爱男人根本是不相干的两回事，对女人的爱欲既已展现，无论以后是否会消失，或在记忆里将留存下什么面貌，它已经在我里面，犹如和它对抗而引发冲突的部分又更早在那里，道理相同。像一缸水，原本已加进黑色染料，再加进别的颜色或许会改变外观的颜色，但却无法将水中有黑色这个事实除去。

我一直没办法爱上男人，那种情况就像一般的男人不会爱上另一个男人一样自然。所以"改变食物"的内在律令，长期侮辱着我自己。在我发现自己以一种难容于社会、自己的样貌出现之前，它已形成它自然的整体了；而我只能叫嚣、恐吓、敲打它，当实质上奈何不了它时，我就在概念上否定、戕害自己。这样的悲哀，你能了解吗？

爱上你。把自己给出去。回想起来那是一个更不忍卒睹的过程。纪德在离开妻子而不顾时，在一封告别信里写着："在你的身边，我将近腐烂了。"放开自己去爱，来不及发明解毒剂，就是腐烂化的过程。

在那短短半年让我们发展爱情的历史里，我是个"怪物"，这个怪物用他的手抚摸拥抱你，用他的嘴亲吻你，用他怪物的欲望热烈渴望着你的身体，然后承受你眼中毫无怪物阴影的完整爱慕与审美，这一切都残酷地磨蚀着我。

我没资格爱你。我在心中与这个"资格"挣扎，无能将"怪物"的自我体验从心的肉上拔开，这种怪物体验又犹如盐巴般地撒在"没资格"的伤口。

你像是一个让我揭现自己的场域，对你的爱恋愈深固，我看见自己怪物的狰狞面貌愈多，从前把自己捆缚住的绷带一卷卷拆开后，里面怪物的实际样子超出想象太多。夜夜我为这个怪物的诞生，震惊得不能喘息安眠，缱绻在痛苦里仿佛挟抱着久病的身体，在舌根处绝望地尖叫。

不知道那是自我发现，还是自我形成的曲径。总之，我逃跑了，像饱弓之弦上的箭般，高速射出这个爱恋的场域，一股将我爆炸开来的自卑和丑恶感竭力把弓绷到最紧，我投降，在挣扎之中寂灭下来。由弓的意志将我射出，凌穿靶的，我们的命运才真正在血泊中被这支箭针织在一起。我用罪恶的手法，狠心将你拦腰一斩丢弃在荒野，不顾你苦苦哀求，于莫名其咎中无辜的泪，仍闪着顽固信任我的眼光。

是我没办法接受自己，那个在相爱之中所使用出来的我，也就没办法解毒，毒源是更早下的，毒源是全部人类为我种下的，他们全体以下毒的方式在那里发出大合唱的鼓噪，在我还没把这个自己推出到其他人之前，我已先替他们盖上"作废"的章，撕成碎片了。

在我二十岁生日之前，我没相信过你是爱我的。结果我大错特错了，这才是真正的罪过，对自己的厌恶和诅咒把我的眼睛涂上大便了。由于太渴望被爱，想到被爱的可能远比确信不被爱更伤害自尊，我以为自己不值得被爱。虽然你表现出爱我的，但我想那是由于你没有经验过与男性的爱情，无知于我们将要面对的社会挫折，也不明了在我内心种种丑恶的泥沼。我想最终你还是需要的是一个男性，对我不过是一时的迷惑，迟早都会把我像一只破拖鞋一样丢到垃圾场。

剩下的，就只能靠"替代性生存策略"活着了。我替换着用各种不同的方式，补那个要吃食物的洞，原本以茅草覆盖的洞已然凿深，禁食时代结束，又不胜进食后的毒力。在爱欲上的"饥——饿"如地底礁石般突出，在离开你这颗大毒蕈之后，急遽削刻我生命的炭心。

水伶，你难以想象在那十八个月里，我随时都怀着自己即将灯枯油尽的害怕，拼命借着介入人群的热闹工作、追逐轻浮的短暂情感及酒精的麻痹，轮流勉强自己活下去，那是像狗一样到处翻找食物的仓皇狼狈。

啊，命运竟如此待我！当我回头，当你唤住我而我回头，命运竟如此苛待我——你说刚刚决定要带着我跟别人走。难道你不知道我是要回来投奔你的吗？当你带着冷酷的虐意告诉我别人的出现时，仿佛我在我们的关系上堆起来的受苦的高塔，在那一瞬间才一起崩垮。那真是一大讽刺，我离开你这个女子，希望的是属于我这个怪物的痕迹能在你身上抹去，埋在灰烬的最里层，你熔断和我的具体关联，重回正常的那一边，去结婚生子，在凡常的范围内，起码整个人类的文献文明都支持着解题技巧的幸与不幸，我愿望着你进入那样的版图。

毕竟你和我性质不完全相同，你仍是个社会盖印之下的正常女性，你爱我仍是以阴性的母体在爱，你的爱可横跨正常的男性，基本上你与一般女性不同之处只是多出包容心，在我们的关系里质变的是我，是我被你撕露阳性的肉体，而从人类意识核心被抛出一个变质的我，但我认为你并没有被抛出来，你还可归返我被抛出来之处。

　　我回来，一切并非如此。你所挑撰的新情人令我难堪，更接近羞辱感。安部公房在《箱男》里写一个把身体隐匿在箱子里行走的男子，他从箱子里远远窥视一幅场景：另一名箱男子从箱子里也借窥视让眼前一名裸女使他引发快感，箱男子所体味到混杂愤怒和羞耻的感觉，或许例子并不恰当，但之于我微妙的难堪，稍稍可代表它的极化。

　　重逢这几天，我花大量的时间试图进入你的细节，但总被那股羞辱感阻断，难以遏止地进行为新情人摹相的联想，就像以我的轮廓为靶的物，进行细部描摹的密集枪击。

　　这场回归之中，命运新结的网和我内在新的分泌物，都是我始料未及的啊！

　　写到这里，我手已疲软得发抖。直到现在，我仍然相信你是爱着我的，它像是一种信仰，支撑着我游过自己的死亡边界、游过相隔十八个月的现实时空，前来皈依附靠，但为什么直到这个点你才做出这个行动的决定，正是我过去所恐惧和等待的——把我像一只破拖鞋一样丢到垃圾场？我在灰烬里没找到我，你说把我供到神坛上了，炉里烧的却是别人的香火，我要到哪里翻找我的信仰？

我明白我这次再难翻墙逃走，新的网在见面的瞬间已织就好。我褪掉一层"无资格"的黏膜，罪恶感也被死亡的浪潮冲退，仅挟带少量的自卑感前来，准备好与你赤裸拥抱。甚至想过即使你选择一份正常婚姻，我仍要像亲人般看着你。如此爱的决心够不够？够不够？人生又比我所推论的暧昧，情况也不够简单，荆棘横在我们中间，我们对站观望相吸引复推斥，两人（甚至三人）都皮绽肉破，可又逃不开。告诉我。光是要去爱的动能、纯洁、忍耐和决心，够不够？够不够？

一九八九年十一月四日

4

谈一谈贾曼（Derek Jarman）和惹内（Jean Genet）的关系。

由于地方狭小，人口稠密，生活单调，每有重大新闻总是历久不衰，"鳄鱼热"成为百年来注意密度最高、持续时间最长的新闻，更显示出人们对新闻的渴望。由于这天罗地网般的监视（鳄鱼牌的总代理商还拿出一百万悬赏抓到第一只鳄鱼的人），鳄鱼不得不辞掉工作，躲在家里暂时依靠多年的积蓄过活，想到自己平白无故跃居全国排名第一受欢迎人物，连"总统"在就职典礼演讲时都在最后加上一句："希望未来你们能像喜欢鳄鱼一样喜欢我"，也为了能让全国人继续享受寻找鳄鱼的快乐，鳄鱼舔舔嘴，觉得忍耐这一点隐藏自己的不便也是荣幸的，其实它是多么希望能在电视上跟全国人说声：

"嗨！我在这里！"

一九九一年我接过大学毕业证书之后，开始学海明威和福克纳，觉得自己是不可出世的天才，蹲在家里做"作家梦"。经过三个月，大头梦破碎后，被扫地出门在一家茶艺馆当店小二（想想还是不错，福克纳说作家最好的职业是开妓女户，白天写作，晚上可以有丰富的社交生活，茶艺馆的条件也很接近）。有一天晚上，一个客人在打烊时最后一个走，在柜台前的公布栏上偷偷贴上一张广告：

召集令

各方老鳄鱼注意，下次集合时间十二月二十四日午夜十二点，地点在鳄鱼酒吧一〇〇号房，将举行化名圣诞舞会。

鳄鱼俱乐部敬启

自从鳄鱼捡到那张召集令后，它兴奋得几天睡不着，没想到还有其他的鳄鱼，并且大家已经成立俱乐部了！这么说，它有个地方可以去，有人可以讲话啰？鳄鱼激动得边流大颗眼泪边吸吮着厚棉被的四个角角。

圣诞夜十二点，鳄鱼准时到达，酒吧门口有两个穿着白西装的服务生要帮它把大衣取下，鳄鱼不习惯地缩到柱角，他们请鳄鱼签下化名，它签着"惹内"，低声问他们："大家都是鳄鱼吗？"服务生微微点点头，鳄鱼害羞得想钻进签名桌底下，看到"惹内"旁的签名是"贾曼"。

里面已挤满数十人，会场之大，布置之豪华，令鳄鱼感受到如回家的温暖。

鳄鱼想，怎么每个鳄鱼都把"人装"穿得紧紧的，真没想到大家跟它一样害羞，鳄鱼脑里出现一个画面：在寒冷的冬夜里大家紧紧地拥抱成一团。

舞会进行到一半，旁边麦克风传来主持人的声音："感谢化学原料企业公司主办这第十次鳄鱼俱乐部。由于他们近半年秘密研究仿鳄鱼的人装，造福不少渴望过鳄鱼瘾已久的人，前天又研制出最新品种的'人装3号'，得以满足潜在的鳄鱼倾向，各位等会儿也可拿旧装来兑换新装。最后，由于接下来的舞曲节奏更快，怕大家太热，我喊一、二、三，大家一起脱掉人装……"

一、二、三喊完之后，全场灯打开，几十个人同时大叫——

"鳄鱼！"

在这之前半秒，我把控灯师挤开，关掉总电源，再冲到鳄鱼旁边拖它，迅雷不及掩耳躲到后门边，穿好"人装"逃走。一分钟之后，酒吧已水泄不通，里面的人惊恐得夺门而出，附近的居民又兴奋得要挤进来，场面正符合"蹂介以奔"那句话。化名"贾曼"参加的我，从鳄鱼踏进门那一刻，就认出它是放广告的客人。

贾曼是个快要死的英国导演，金马奖影展时看到他拍的《花园》，再加上当时鳄鱼被我安置躲在茶艺馆地下室，使我决定写这部鳄鱼提供资料、贾曼提供技术的小说。再从毕业证书写起：

"呜呜……我差一点点就可以永远不再穿人装见人了，为什么要把我拉走？"鳄鱼躺在茶艺馆的椅垫上，装着棉花的椅垫铺满木材地板，它把身体倒着，双腿举靠在墙上，用力踢墙抗议着。

我摆摆手。

"大家都那么喜欢看到我……你……你难道不明白？"鳄鱼勉强说到第二句，开始结巴，它发现自己从没单独面对别人，"可是，我到底有什么不同？"

我摇摇头。至于惹内,鳄鱼说没有哪个名人比他更棒,他从小在法国监狱长大,以各种头衔一辈子进出监狱,最后以可爱的创作天才,在沙特力保下受到总统特赦哦……

V8 摄影机固定在墙角对准鳄鱼,我边吃着蔬菜拉面,边把眼孔对准观景窗,屏幕上的小鳄鱼手舞足蹈地自言自语起来,满坑满谷的话从鳄鱼嘴里吐出来,愈来愈快,像高速放映,最后的声音只剩下长串的唧——唧——唧……就这样鳄鱼不眠不休连续讲了三天三夜,我昏沉当中记得它的最后一句话是:

"我要上厕所!"

5

当雨后彩虹出现,我们一起站在船坞上,向沉落的悲伤岛屿挥别,在那尽头什么也没有,只有我们彼此观望的爱欲,叹息往常肮脏的牵缠,像别开生面的画展,徒留一支遗忘的雨伞。爱欲们在雾中行走,三角形勾住圆形,圆形套着箭头,箭头又刺进三角形,路标一个接一个升起,右转下交流道之后,迷失在单行道内细小丛林的海域……

在文学院前厅挂留言簿的公布栏上，发现一本黑皮小手册，资料栏里写着梦生的名字及地址电话。手册里写满密密麻麻这类的段落，每篇都字迹潦草，像是随身速记下的。看到他的名字在那里，突然我的泪流个不停，刚好就濡湿这一页。怎么我跟这个人隐约的关联紧紧咬住我的悲伤？

"喂，梦生，我捡到你的黑色手记，想拿回去就出来让我看一下。"

"怎么，你想看我？小心你要开始爱上我了。"

又隔了近半年没看到他，他理了个大平头，穿着毛料的厚西装，长及膝盖，脖子围一条深绿色的彩绘丝巾，里面是乳黄色的格子衬衫，看起来像个秃鹰贵族。我们在一家地下酒吧见面，酒吧里烟雾弥漫，顶层天花板极低，一组披头散发的外国人乐团在演唱重金属音乐，像是进入原始洞窟。

"梦生，今天我们不要玩游戏好吗？我想……"

"我这个人开始对你产生意义了吗？"他举起右手，比一下停的手势阻止我说话，眼神发呆地平视乐团，低调向我发问。

我感觉这半年来他变成透明的银色，我也走过去靠近他，在镭射光范围内的一只手臂被荧光包住，另一只手臂保留原来的肉色，小小的密闭空间里除了几排照相孔外，灯全关，一桌桌的人像速描画中炭笔阴影，随着重金属乐器声的捶击，仿佛在一个黑色的火柴盒里荡向无限的宇宙。

"看到没有，那一大桌坐满十几个男生的，个个奇装异服，哪……另外那一桌两个女的低着头，他们都是没有性别的人，或说他们都正在对抗简单的性别符号加诸他们的咒箍，还有那两个大光头，"梦生比着乐团的主唱，"他就是这家酒吧的老板，我们叫他Nothing，就是店的店名，你看他脸上缝了二十几针的疤，那是他二十岁时拿水果刀自己划下的，那时他立了一道疤誓：他说就要这样划破这个别人给他的我，他不是真正的我，之后，他背起一只简单的背包环游世界，开始要自己形成真正的我……"

"梦生，我不要听你谈这些，我要跟你说话。"梦生坐在高脚圆椅上，张开双腿，手抓着两腿间的椅缘，随着节拍抖动双腿，他的身体进入与其他人集体狂欢的状态中，细胞剧烈跳跃，却两眼无魂。

舞台中央的光头Nothing在他的歌声渐歇鼓声如墙时，眉眼朝梦生诱惑地勾扫，手指头示意要他上台。他一经召唤，就身手敏捷地脱掉西装外套旋转着跳进舞池，全场见是他报以热烈掌声，大家一起敲打桌面踏地板大喊：

Bony. Bony——Bony. Bony.

梦生握着麦克风，用英语以怪声调说了一串快速的话，大意是说他封歌已一年，没想到大家还记得他，今天由于他一位特别的朋友跟他一起来，他要特别献唱一歌。

接着背后响起极慢的调子，梦生和 Nothing 合唱一首黑人灵歌，胸前垂着彩绘丝巾的梦生，脸上显现特别妖媚的光彩，随音乐的旋律，两人面对面蠕动着下半身，下半身逐渐靠近轻轻摩擦，全场都尖叫喝彩，两人似乎都迷醉其中，彼此伸出舌头缠舔着，乐团突然停止演奏，激情达到高潮。

"怎么，光看到这一级就受不了啦！"梦生隔着女生厕所的门问我。

看到那幕激情戏，我一口气喝下我和梦生的两杯白兰地，隔一会儿马上胃肠翻涌，冲进洗手间呕吐，内心受到难堪的冲击。

"没有，不是不能接受，只是自己的身体在反对这一部分……头脑和身体不能协调。"勉强说到这儿，我又稀里哗啦呕出一大口。

"你还好吗？"梦生紧张地旋转把手想要打开门，"可怜，真没用，以前我还是这里的台柱时，还跟 Nothing 和他找来的女人当场做过哩，连表演现场大便都干过，要是你看了不吐死才怪！"

"梦生，你一直知道我的问题，对不对？"我坐在马桶上安静下来。

"我看到你的第一眼就把你看穿了。"他也坐在地上，隔着厕所门下部通气窗的缝睨看我。

"我被打败了，也跟你和楚狂一样掉进死亡圈走不出去了。"说完这句话，我第一次感受到一种人与人间的解脱感，轻松地呜咽哭出声。

"圣母玛莉亚他妈的，又一个上帝的选民！"梦生用力捶击门板，"我们这些人从不同的个人历史里走来，一个有一个的一叠病历表，却共同走进死亡气氛这个星球，说死也不是个个真的都死得成，我说不定还可以赖到九十岁哩。说任何历史让我要死都是狗屁，打从有记忆的五岁开始，光吸空气都觉得可怕，慢慢地我才搞清楚，你知道最可怕的是什么吗？就是时间。哈哈……空气和时间这两样你躲得过吗？这样的人不是上帝先选好的是什么？我们可是最优秀的哦！"

"梦生，我没你那么严重，我体内还有一个部分要阻止自己不由自主往死里奔，不光是身体的本能，就在我的意识里不愿意。

"二十岁时撑到一个危险的程度，反而逼着我杀出一条生路。在这个星球上我知道我已经有一条生路了……"停顿了一下，突然觉得有千斤重的羞耻压在我的唇上,这股附体般随传随到的羞耻感,像是隐形紧箍着我的身体的皮衣,长久以来霸道地画下我跟别人的疆界,又一阵欲泪的冲动,"梦生,我跟一个女人真实地相爱着,我有生路!"说完泪水就不听使唤地滑下,我噤住声音,骄傲自己终于把皮衣冲破一个洞,想到与皮衣间的挣扎,无限心酸。

"出来啊,太恭喜你了,想要抱你一下,"梦生从气窗缝里朝我吐舌头做鬼脸,"还要撒一泡尿庆祝。"马上就听到拉牛仔裤的拉链声,他蹦跳着在大化妆室里撒尿一圈,听到有一个女人尖叫着跑出去。

"那什么都不重要了,要再往死的脊椎骨里钻深点,它是一切真实的总源头,像白千层一样褪去那一层层的臭皮囊吧,连你的祖宗八代、父母、手足、皮肤外万头攒动的人,还有你皮肤底下反对着你灵魂的身体记忆统统枪毙,露出白白的白肚子吧。死的深处,会叫你尝到你什么也不是,只是白肚子罢了。"梦生站在门口以真诚的声音对我说。

"梦生,可是当我发现我的通路时,它又被外界堵死了,我唯有凿通它,但我凿不动,又掉回来了。我现在像是在死跟生交界隧道的洞口静止漂泊,只待外界的那颗变化球将我撞进乱流。"

"我还没告诉你'女神'的故事吧?"梦生叹了一口气说,"我在心里偷偷爱着一个'女神'的影子,比楚狂还早认识的,她是我结束流氓生涯刚回到学校时,参加一个校内合唱团的指挥,那时候我根本不敢靠近她,我自认为配不上她。那一阵子我似乎神经走火,竟然能跟团里的七八个人产生像兄弟姊妹般纯洁深刻的感情,只要跟他们在一起,我就自然地像个正常人般感受行事,他们一点都不了解我的另一面,我喜欢跟他们在一起那种纯的感觉,接近其中一个把他抓出来,都会使我厌恶自己,就这样眼睁睁看着女神喜欢上另一个男指挥。"

我闭上眼想象梦生的样子,梳了油往后拢的发,一双黑溜溜可以锐利射人心脉又可温柔流动勾人魂魄的眼,额头高且阔像一块平整的草原,脸形瘦长两颊略为凹陷。配合着他的表情,常使人觉得他脸颊肌肉似乎可以随着眼珠的色泽而调整,他是个好演员,表情变化的丰富肌理,让我每次跟他在一起,就被他那目不暇给的演出所吸引住,只要看着他展现自己就好了,但却有一颗完全绝望的种子包藏在他瑰丽的体内。

"很驴吧?其实根本没有爱。这么多年,我对她的陷溺愈来愈深,我完全没接触到她,但她的幻影却逐渐膨胀成像瘤一样的巨大东西。我会在街上任何女人身上难以遏止地搜寻她的鼻、眉,哪怕是小腿弧度的影子,跟任何女人展开的感情,最后都会基于对女神背叛的自惩而搞得像一盘砸坏的蛋糕。

"但很可笑,我曾试着要在洗澡时拿女神作打枪的幻想对象,试了几次都不敢了,每次都不能勃起哦!只要一想到她连一秒钟都没想过我这个人,而我却在这边像条虫一样分分秒秒地舔着她的影子,就——"梦生坐在地上自言自语地说着。

"我没想到你是这样的人……"我早已打开门,站在梦生旁边,内心一股相惜之情涌上,使我紧紧抱住他的头。

第六手记

1

鳄鱼住在茶艺馆地下室期间，它的适应力奇佳，光凭这点，它就值得获颁一座金马奖（为什么是金马奖，大概是因为唯有这个颁奖典礼可以让鳄鱼不用穿人装，直接亮相，兼收娱乐效果），或是一座优生宝宝奖（必定有贡献于改良纸尿布的灵感）。

鳄鱼的生活极具规律性。早上不需闹钟，在地下室更看不到太阳，但六点一到它就会自动起床，穿着咖啡色格子的新睡衣，老板娘儿子的睡衣，手臂和裤管布料都短一截，手里抱着代替的鳄鱼玩具，这是它自己做的，十几条小手帕裹成一团再用一条大手帕包住，每天睡觉它都要抱着鳄鱼玩具睡。

它睡在自己堆成凹形的货堆床上，一起床，朦胧闭着眼睛，直线走到角落的尿桶，坐着上厕所。趁着天还蒙蒙亮时，爬到地面上的排水沟倒掉，这是一天里它唯一上去透透气的时刻。

吃早餐前它例行要做运动，它的运动是往上跳跃摸天花板如此一百下，由于怕被邻居查出它就是鳄鱼，常搬家的结果，它发现只有这种运动可以在任何居住环境做。没有鳄鱼罐头，鳄鱼利用仓库里一只火锅，煮出稀奇古怪的三餐。

早上的时间鳄鱼都在读东西,它几乎只要有文字都读,在地下室读货物上的标识,进货记录本,它最钟爱的是一本破旧的灵异杂志。

下午它边听一台小型的收音机,边做一些手工,有时候是织毛衣,有时候是做中国结,有时候是拼凑模型。它把这些都送给我,折合我支出的金钱,我不要都没办法。

晚上它看电视(这是我的一台小电视),十点钟一到,它又不自觉地爬上货堆床,如果我愿意讲一则故事给它听,它会高兴地投一个一元硬币在小猪里。

"贾曼,我可不可以写信到电台点播歌曲?我可是忠实听众!"

"好啊。那你要署什么名?"

"鳄鱼啊!"

"不行。大家会来访问你。那你要点什么歌?"

"我要点我自己作的《鳄鱼之歌》给贾曼。"

鳄鱼有一个最奇怪的习性。鳄鱼只有在穿上人装时,才敢看着我说话,在地下室时它大都没穿人装,所以每当它要跟我说话时,它就对着 V8 摄影机的镜头说,我若要看鳄鱼的表情,就对着摄影机的观景窗,看累了必须闪到一个布幕后面说话,这是应鳄鱼的要求隔开的。

鳄鱼是个天生的演员,对着镜头讲话是它唯一的"沟通方式":"我大概是历史上发现这件事的第一个人。"我不在的时候,它也可以自己对着镜头跟我说话。

"喂,鳄鱼,你怎么知道'惹内'这个名字的?"

"哇,就在一本《婴儿与母亲》里啊,它说有一个叫'惹内'的法国人,他是孤儿,很小就被关进监狱,在监狱里长大,认囚犯们作爸爸妈妈,后来他亲生母亲要来认他,他拒绝去认哩。他把监狱当家,刑满后出狱,又故意犯罪关进监狱哩!贾曼,监狱里面可以看电视吗?"

"可以,但是没办法点播歌曲。"

"鳄鱼,你想你会不会生殖?"

"我怎么知道?我又没碰过另外一只鳄鱼。"

2

大学四年，我最后一次同时看到吞吞和至柔，是在社长卸任之前的一次全社聚会上，地点在我汀州路五楼顶的住处。十几个人挤在我狭小的窝里，打牌的、大吃的、聊天的、喝酒的、睡觉的，互相挨依挤躺着，在冬天的深夜里喧闹成一团，非常温馨。

从头到尾，我都注意着守在录音机旁边负责 DJ 的她们俩，她们都是狂热地喜爱西洋音乐的"乐痴"，两人靠着身体并坐在地上，在彼此交融的默契底下兴致盎然地商量着播放顺序。我永远记得每当她们宣布要播放的下一首歌曲名称时，她们热心且七嘴八舌地向大家介绍歌曲的内容、风格和掌故，声音激动、眼神发热，充满对生命的热望。仿佛这音乐将她们俩的内在紧紧黏在一起。

她们并不特意排除他人，但在人群间却自然形成一块毛皮中最柔嫩的部位。那可能也是她们彼此傍坐，依循着往昔的相处，最后一次共享音乐……

人们渐睡，吞吞轻弹着 keyboard，久未见面，两人的尴尬显露出来，竟不知如何互诉近况。至柔只是用深冷的眼看看吞吞看看我，披着外套，走到窗边痴望着沉静圆黄的明月。

这样的一张咖啡色系相片，我很宝贵地珍惜着，时移事往多年，没有人可能再谈起想起，我还偷藏着。因为我是她们这段"美好"感情的最后见证人，而关于这两个女孩的记忆，似乎是代偿我内心缺憾的完好典型。

从此以后，她们两个的记忆是分开，各自在我的大学生涯里发展的。每当遇见其中一个时，她们尽量不愿再提另一个人的名字，但时间再久，我总能看见深埋在她们彼此心中对对方结成晶的思念。而我也总是在我心中，将她们各自和我的对话拼合起来，仿佛她们俩还在一起生活着成长着，并坐在我的心房里共同如往日般地高兴对话。

她们俩和我的情缘都深，且一开始就彼此投缘，即使她们分开后，还是各自付给我无垢的信任，无论何时，单独与她们任一方碰面，总是自然而然就把内在的堆积物向对方掏挖个干净，然后再坐在一起尽情大笑，彼此在语言游戏上过招，调侃对方。即使在我与她们的友谊维持零星却长达一年，在这中间我完全隐藏住自己而给予她们关爱，她们还是以最温柔的眼神注视着我，以最真挚的话语传递她们的信任。

所以，二十岁生日过后，除开梦生和楚狂自然地就透悉我的隐藏之外，我决定不计后果，勇敢地面对这两个女孩，从我"照顾者"的面具底下走出来，向她们展现我内心的真实状况，无论那之后，她们是否如我每夜梦底所恐惧的，因此而唾弃侮辱我；或是认为信任我反而遭受我的欺骗；或是忍耐着不知如何看待我的尴尬与防卫，同情地勉强自己同我说话……由于她们自己伸向我的信任基础，使我开始蠢动着想从监牢里翻出去与人剖腹相见的渴望，这在过去是要被我赶尽杀绝的，我决定要试着信任一个人类——不涉及情欲，以平等的真诚了解与关怀为前提，建立趋于完全信任的关系。

为了这灵光闪现的念头，我知道必须把自取其辱的挫败下场全担起来，然而这也正是一个重要的转折点，教我学会信任世界的第一步。这么一小步的摸索，之于别人可能是与生俱来的，之于我，却犹如原本看得见的人，突然失明后，重新学到持着拐杖在人行道上触到第一块导盲砖。

后来，这两个小女孩都长大为妩媚动人的美丽女郎，也各自与爱她们的男孩子们发展出迂回曲折的恋情。两人永远不再见面，却都深刻地铭记着，在人世间她第一个与之相爱的是个女孩。而这段最鲜美、真醇的感情，她们也同时承认是不可能再往复了。因为岁月是如何催着她们往一个渴望男子且不适合再爱女子的方向演去。

有一天夜晚，我又不期然地遇到至柔，在校门口的地下道入口。

"喂，你不认得我了吗，拉子！"她手里捧着一束花，拦住要回家的我。

"我说是谁啊,自己每隔不到一个月换一次发型,叫我这个每隔半年在马路上被你拦下来一次的人,怎么有本事认出你来?"我惊魂甫定地说。

"闲话少说,我正赶着要到活动中心去献花,献给一个拉大提琴的男孩子哦,"她调皮地向我眨眨眼,"快把你的新电话号码招出来,我猜你又换一个新窝了。"我觉得好笑地点点头,念一串新的号码和地址。

"你也不想想看,光是我这本电话手册,拉子那一栏的号码排满一整页了。"她边记着号码,边假装生气地骂我。

"你要号码干吗,我又从来没接过你一次电话。"我质问她。两人就站在人来人往的人行道口像是对骂起来,她靠在红砖道旁的栏杆上,头发比半年前也是在路上遇到时稍短烫得更卷,她穿着一件黄褐色像粗布般剪裁宽大及膝的衣服,底下是一件紧身黑条纹的韵律裤,虽然感觉像罩着一件慵懒的睡衣,但她身上无论如何却总脱不了一份舒适洒脱的女性性感在其中,使人稍想起她的女性就轻轻地有些自持起来。

"我真的曾打过电话给你,一次是在一个无聊的清晨,突然想起你这么个人,一次就在最近,因为我姊姊失恋闹自杀,我看守她有些感觉,可是两次都拨完就挂掉,真的嘛!"她撒起娇来有特别吸引人的魅力,叫你不得不被她说服,除此之外,即使笑,她脸上都是布满忧郁的。

"好,我去牵脚踏车送你到活动中心,路上咱们还可以再说一段。"每次那么匆促地与她擦肩而过,匆促地彼此全身上下看看对方,匆促地掌握零碎时间进行交谈,每次这个女孩子都会勾动我最深处某种心疼的感觉,仿佛我是她的亲人,自动地想去关怀她,觉得自己要告诉她这个阶段的人生苦难可以如何面对,而我正可以深深了解她。

这样的关系是极微妙的,我跟她之间仿佛有种微妙的默契,彼此都不会跨越雷池一步闯进对方的实际生活,增加友谊的量,谨慎而节制地维持在萍水之交,在萍水相逢的瞬间又仿佛可以放肆地绽放对对方的感情,袒胸露背地痛快讲话。就在萍水相逢的瞬间累积巨大友谊的质,永远不知下次何时会再见,感动莫名地分开。并非由于与人交往的负担,使我们保持这般的距离,而是存在她心中有某份独特的矜持,这份矜持使她初步得以保卫自己,免于被她对别人强烈爱的渴望所压垮。我明白她尊敬我,把我当成捡到的兄长般,由于处在相同的生命情调里可以深谈,生命内涵可以相切合,却不愿更靠近我,以免依赖上我。

"拉子,你说人要怎么改变自己?"至柔略为大声地问我。我载她到活动中心,她把花托大提琴的朋友交给他,拉着我又跑出来,坐在文学院大门门廊下。

"那要看你要改变的是什么啰?看是要隆乳还是缩小臀部?"

她狠狠地瞪了我一眼,从我身上搜出烟,自己再贡献出啤酒,倚靠在柱子上用迷蒙的语气,吐着烟说:"拉子,你相不相信我昨晚正式和一个男人分手,一个完全不了解我的男人,更神的是你相不相信我竟然能和这个男人在一起一年了。每到星期日八点就打开电视坐在那里看《钻石舞台》,不是这个节目低俗,而是他看那个电视的样子叫我无法忍受,电影他除了成龙的戏以外几乎在电影院里待不下一个小时,所有的时间他只关心一件事,读他化工的教科书。

"他很聪明,写得一手好字好毛笔字,钢琴弹得很棒,可是这些东西他都视之为无物,只有对他有用时才拿出来炫耀一下,像是他的附属品一样。他从头到尾是一套功利的想法,且还活得顶自在骄傲的,他几乎把他一生的时间分分秒秒都计划好了,连我也计算得好好的,他就是需要个老婆,他想象中的爱情就是这样,他会疼我,在食衣住行上,反正他也不会变心,在他读书或工作累了时,就把我叫来做爱,然后他满足地睡觉,偏偏这个人的这个部分又特别发达(笑)!

"我说要分手,他觉得我在发疯,照常强迫我去。拖了好久要走,拉子，我怕一个人，怕找不到一个人可以抱抱我的身体，很卑鄙吧？昨天，我看到我姊闹着要自杀的那个样子，我骨子里都凉了起来，我想以后我也要这样吗？一口气在三更半夜冲到他家，翻墙进去把我写给他的信偷走，哭着把信烧掉，心里像把他干脆地剁成八块一样，现在爽快了，我才发现我有多恨他恨自己。我怎么会是这样的人呢？"她夸张地笑着说，几度讲到声音沙哑又高昂起来，在麻木化的悲伤里不自觉地会被兴奋引诱。

我闭着眼想她翻墙时剽悍的样子，雨细细地飘起来，我把皮外套盖在她身上。算一算，吞吞不算，她上大学两年，连这个已经换掉三个男人了。至柔是个艺术天分奇高，性格又极端复杂的奇女子，在学校里她很容易就成为视听社第一把女吉他手，又在话剧社里醉心于演戏，在舞台上表演角色几乎成为她大学生活的新鸦片。这两年她习于站在舞台上，风韵更是出落得繁复精致，千变万化，无论同性或异性都很难抗拒，在哪个眼神里迷上她。我不禁想起吞吞所说的：

"拉子，至柔真是个神秘的女人，她的心灵像长在针尖上，她似乎可以陷溺在一块狭窄的牛角尖里，然而光那个牛角尖就深邃无比，你永远挖不完她脑袋最里面还有什么。她冷得像块冰，又热得像团火，两方又绝不冲突，高中那时我怎么也想不到她怎能以那么含蓄的方式这么大胆地跟我相爱。

"我们谁都没有勾引谁，只是时机到了，自然而然就同时爱上对方，我们心里都有数，这跟友情是不一样的，但是我们才不管那到底是什么东西，也不觉得有什么不好，每天都很兴奋地等着接下来还会怎样，像两个好奇的孩子。本来我跟她完全不熟，在班上我功课算中等，以爱玩见称，印象中她很安静很用功总在前几名，有点怕她，生物实验比赛时我很想参加，知道她实验做得好，竟然厚着脸皮去拜托她跟我同组，一起参加比赛，真是疯掉了，快联考她竟然答应我。

"就这样，有一天做实验，两个人一起看刻度时，我跟她说：我觉得你眼睛很美，那一刹那，我知道我得救了，长久以来我一直恐惧自己没办法爱上任何人，那一刻触及她眼睛后，就随时随地等着再看见，每天到学校去都像要去快乐远足一样，我好感谢她，把我从一个人里放出来。

"正式比赛前一晚，我们俩一起南下住在成功大学的宿舍里，挤在同一张床上，起初两个都很紧张，我侧着身拉住床把，两个人都不敢碰到对方的身体。最后我忍不住问她：你的个体距离是多少？两个人都笑出来，结果睡得好甜蜜。

"第二天，我们俩做的实验果然夺得大奖，长久的奋斗终于吃到果实了，两人激动得又叫又跳，开香槟庆祝，互相喷头发……"

至柔喝酒呛着喉咙，又学小瘪三抽烟的样子逗我笑，突然严肃地对我说："拉子，我一直记得很久以前你对我说的一句话，你说：'健康的人才有资格谈恋爱，把爱情拿来治病只会病得更严重。'我很清楚我正是拿爱情在治病，百战百败，可是就无法甩脱这个方法，我可能永远达不到你说的那个方法。

　　"这种东西对我而言太容易来了，你可能难以理解，在我的周围男人女人都要我，不要比要更麻烦更费力，每次跟了一个人后，我心里仿佛有本账本盘算着可能在一起多久，正热情时已想象好逃走的景况，从头到尾都是我在自编自导自演，要不要其实决定在我。

　　"就是这样，我仿佛仍要强迫自己进入爱情，那让我起码有个人可想，苦恼也有实际的内容对象，没有爱情的日子，我简直不敢想象，我软弱我活不下去……

　　"你知道吗？大学这几年，我每天睡到很晚才起床，总赶不及上课，发呆一整天，然后走路出门，经福和桥到什么地方，再散步回家，还是走在福和桥上，每天我总是觉得福和桥上起雾了，我每天就这样在雾中行走，恍恍惚惚地，似乎从没看过半个人……

　　"我怕透了，不知道这样走到什么时候，有时候走着走着我会幻觉自己正走进桥边的大河里，只有突然清醒过来后，渴望着快走到桥尽头能看到或听到最近生活在我旁边的'那个人'……

"有时候我想,如果没有随便哪个人在'那个人'的框框里时,我可能会在雾中飘了起来。

"我的生命到底哪里出了问题?无论我怎么拼命填,还是跑不开那片无边无际的空虚。我想空虚就是我的影子,其实爱情虽然带给我如此丰富的痛苦,但它不是问题的主角,只是我手上的一只布袋戏罢了……

"我的破洞好大好大,归根究底,谁也满足不了我,跟男人在一起时,看到灵魂美丽的女人就蠢蠢欲动,跟女人在一起又不行,想男人的身体想得要死。唉,活该我跟这样的男人在一起糟蹋自己!"

至柔酒量不好,很快就脸红通通呼吸浊重,讲话表情变化极大,一会儿露出震撼我心灵悲沉无言的痛苦,一会儿又显得天真快乐,理性渐退,她的眼神举手投足间都自然流出一丝淫荡的味道,我一点不以为忤,丝毫无损她在我心中尊贵的印象,只是有点担心她会突然脱掉衣服,淘气地勾引我,此时吞吞的回忆又响在我身边:

"隔不了几个月她就要转到文组班,那一阵子我们每次抽座位都故意抽在一起坐,我每天回家都要准备好一个笑话,认识她之后我才发现她真是音乐痴,对音乐认识之广的恐怕全班只有她一个,她高中时就不听流行音乐狂迷'新音乐'了,为了跟她谈话,我也只好跟她从 U2 开始听,每天回去把歌词翻译出来学会唱,隔天中午午睡时是最美的时候,我就讲笑话逗她笑,再唱她教给我的歌,那么长长的中午我都可以一直注视着她的眼睛……

"有一次傍晚,大家都回去了只剩我们在教室,她说要帮我剪头发,天色逐渐暗下来天边还有一层橙红的底色,我就乖乖地坐在那里让她剪,感受她手指的触觉,我现在还感觉得到,我们似乎同时意识到想做一件事,我说:等一下,跑去关上所有的门窗、关灯,然后轻轻地……我们就这样给了对方我们的初吻……"

我深深地看一眼正把头发伸出屋檐外淋雨的至柔,她的侧影被水汽氤得异发亮丽,我以严肃的口吻对她说:

"至柔,我要告诉你一件事,这件事不久前我已经告诉吞吞了,但却一直隐瞒你,我……以前我在谈话间告诉过你的那桩悲惨爱情故事,对方其实是个女孩子,我骗了你,对不起!"

她停了一会儿,突然转过身来,变得清醒,用极温柔的眼神看着我,至今想起来心仍似要融化般,情不自禁地热烈摸着我的头发说:"真难为你了,哪!说出来有没有好一些?"我点点头,心酸得抬不起脸来。"这有什么好对不起的?只差一个部首,只要把你说的'他'换成'她'就都一样啦。更何况我跟吞吞之间的事也有难以向你启齿的地方。"

她原本蹲到我面前努力要注视着我难受的眼睛，那是传导真情的表示，很快又坠入回忆，两眼空茫地注视前方，"分到文组班之后，我和吞吞简直陷入疯狂的热恋之中，每天几乎形影不离，她干脆住到我家来，我家三个小孩独自在台北，住在一间大房子里，各管各的，哥哥姊姊就像陌生人，我和吞吞一起睡觉、弹吉他、听音乐，不太念书的，一起洗澡……上下学她都陪着我，帮我背书本，连下课十分钟都要一起挤在楼梯口，她那时把所有的钱都花在买东西给我上，她画得一手好画，亲手给我做卡片，手工极灵巧做给我无数小玩意儿，几乎每天送我玫瑰……

"联考前，热恋还是没有消退，我却感到恐怖，我自己真的很爱她，但看到她着魔似的迷恋着我，我害怕得快发狂，不知道再这么下去要怎么办？那时候我开始意识到——我们毕竟是两个女人啊！我被逼得失去理智，失去思考，只渴望逃开这窒息的一切一下下，于是没告诉她就跑到花莲寺庙，连联考也不管了，在花莲，每晚我闭上眼就看到她那双炽烈渴望着我的眼，我拼命想浇熄它们……

"再回来，悲剧已经造成，我发现吞吞因难耐对我的渴望，已接受男人的安慰了，你遇见我们时，我们之间的一切在我心里早已打碎了。不过我们还常联络啊，隔一阵子就互通电话，她向我抱怨被两个男人热烈追求，难以选择的烦恼，我向她描述我现任男友的'那个'有多大多长……"

"胡说!"针对她后面这段既是自我调侃也是自我伤害的话,我听了忍不住替她心痛地掉下一颗泪来,又觉得好笑又疼惜她。

雨愈下愈大,我和至柔笑成一团,共同遮着一件皮衣,纵声大笑又一起高声齐唱歌曲,声音在雨夜的校园里传荡,我们勾肩搭背跌撞走出去,我踩着脚踏车载她回家,骑过福和桥,一路上她仰头淋雨,疯言疯语。

"要不要我亲你一下。"在门口,她又调戏我一次,其实是很真情的。

"我保留这个权利!"我说。

3

有时,有些悲哀与痛苦的深度是说不出的,有些爱的深度是再爱不到的,它在身体内发生后,那个地方就空掉了。回头看,所有的皆成化石,头脑给它定深度,设法保存,脑里嗡鸣一段时间后,连化石谷的风景画也空成一片。

"人最大的悲哀是失去曾经有过最大渴望的欲望。"

一九八九年我和水伶再度相逢后,她就处于歇斯底里的状态中。她恐惧我,仿佛我会将她吞没、毁灭、粉碎,我一接近她一步,用我的手触摸她,她全身颤抖,表情上惊呼不要,挣脱我的手、眼光,我感觉到她是如此厌恶我的亲近,为了抗拒我强烈的侵略,她甚至不惜以尖酸刻薄的话挑剔我的所言所行,盲目非理性地戳伤我,她尽最大力气关紧她对我的感觉,近乎洁癖般拒绝对我透露,一个人沉迷地独享,以完全霸道的姿态。

她更恐惧我二度离去,像费时多年修起的跨海大桥又将二度崩陷,那崩陷的重量是我们想都不敢想的。

她用一捆钢索把我绑死,另一端则绑死在她的手上,每天必得扯动一下,确定我还在那里,她才能入梦与我同在。她声称无论如何她都不会再放我走,也要我一再向她保证,未来再有如何难堪的痛苦,我都不会弃她而去。

而我是完全不准许见到她、不准以任何方式介入她的生活,连躲在课堂外偷窥她都要遭责备,所有在她现实生活可能有关于我的蛛丝马迹,都会威胁她。我只有躲在她精神的特别暗室中,等待再等待,无限等待……

每到夜深的某个时刻,她的手就不听使唤地拨了我的电话号码。她常辨不清我是否回来过,她究竟是在跟真实的我或是我的鬼魂说话，她的精神控制力逐渐薄弱，她说自己是在梦游，才有办法跟我说话。

她恢复婴儿的身份，穿着白色睡衣躺在床上，举着话筒以冥想的方式跟我在一起。她快乐、兴奋地说着，天真、任性地向我撒娇，毫无知觉地流露她对我狂澜般的病态依赖，以为我们在从前，全世界只有我们两个人，她自动催眠自己进入那个状态，仿佛我们之间没有分离的灼伤伤口，没有她的新生活，没有她内在混乱的冲突，没有别人。直到清晨……

然后，我问及她为何抗拒我恐惧我，哀求她做选择，逼问她是否仍爱着我，哀求她不要阻止她灵魂对我的渴望……很快地，她濒临疯狂，她嘶哑地哭泣，哀痛欲绝地说她没有办法看见我，说她没有办法想象跟我生活在一起，说她恨我以为她并不爱我，说她不要让我知道为什么否则我又会跑掉……

疯狂的因子潜伏在她血液里，病态的阴影层层包裹着她，愈来愈恐怖狂乱的梦境分割她的睡眠，愈来愈多次强迫性洗手……

而我完全无能为力，只有我完全清楚她真实的精神状态，却一点都接近不了她，犹如最危险的引爆物，我承担着唯恐她疯狂的梦魇，束手待毙。在虐待狂与被虐待狂的关系中，被全然新鲜的悲惨感充满，饥渴地吞饮点滴爱的毒液。

4

十一月，寒冬正严厉，那一次可能是我们最后一次甜蜜的记忆，仿佛死囚行刑前喝下最后一杯甜酒。

她答应要试着见我一次，要跟我去酒店大醉一场，在酒店门口她又落荒逃跑，我追在她羸弱的身影后面默默走了一条和平东路，她才突然可怜我地转过身，天才般提议我们搭最后一班中兴号到清华大学。

我们睡在大学里的湖边。在女生宿舍里，我终于见到她最好的朋友紫明，几年来她一直陪着水伶度过这些磨折，我是早已在心底熟识且感激这个人，紫明是个朴直真诚的人，当场就强烈感受她俩之间浓郁的亲情，熨帖感动的暖流流过心底。

湖面朗澄，在半山坡上，旁边是建筑新颖的物理馆。人已绝迹，空气里青草的味道清新地充溢在整片山坡，仿佛还可闻到露珠的味道。

我们俩都被野味山色洗净了心灵，都市里的纠葛自然地消失，彼此又裸率地相待，这时往昔热烈纯洁的她，如一朵白色柔弱的小花，带着几分稚气和野蛮，原封不动地从山里出现，流淌着思念的热泪，张开双臂迎向我。

我为她扣好扣子,穿紧大衣,细腻地铺好几层棉被衣物,把她紧裹在棉被里,她的双手紧紧紧紧地环抱住我的脖子,说让我们就这样一起死去……

5

"我今天傍晚到我们家附近的美容院去把长头发剪掉了。"

"为什么要剪?"

"我不想要自己这样。告诉你一个秘密哦!我很讨厌我自己……嘻嘻嘻……你们两个不是都很喜欢我的长头发,让你们两个都喜欢不到……怎么样?我短头发的样子很帅哦,看起来像个精明能干的……嗯,职业妇女(哈哈)……我才不要你们老觉得我柔弱,说什么'温室里的花朵'……嗯……我的朋友都骂我,说我把一切搞得一团糟……她们都不喜欢你。"

"你头发剪了,'她'怎么说?"

"她很生气,跟我吵了一架,她可是很在乎这点的,说她再三跟我强调但我还这样做……什么嘛,有什么不可以的……你呢?你觉得怎么样?"

"是有点难过,不过你想剪就剪吧,我都还记得你高中时短头发的样子,很美的,像个小水兵……很久不见,怎么再也看不到你的长头发了。"

"嘻嘻……我骗你的,头发还在。"

澎湖的海风呼啸,浪凶猛地拍打岩岸,一切都仿佛要被连根刮走,烫伤后我独自逃到澎湖,孤坐在长长的堤防上终夜。各种声音……

我打第一夜的电话到水伶朋友家,她们说她大哭大闹烂醉如泥……是你啊,咿咿呜呜……她们移开她,说她没办法讲话,身体软成一摊……水伶,我正在海堤边的电话机跟你说话,海就在我旁边……

"昨天我又梦到一个更可怕的梦,我不要告诉你……好吧,你帮我写期末报告我就告诉你……

"我梦到一只黑豹,他要进来我房间,我很害怕,很害怕,赶快把门窗都关好锁紧,还把书桌推去压住门,还听见他在抓门的声音,我吓得赶紧爬上床,拉开棉被,天啊!黑豹就在那里,皮黑亮亮，眼睛睁得大大的，我在梦里大叫……

"我再告诉你在公共电视上看到的《刺猬与樱桃派公主》的故事……王子娶了公主后，住在森林里的一座城堡，每天夜里公主睡着，王子就不在，直到天亮才回来，王子说他去打猎，有一天，王后教公主把王子的外衣藏起来，隔天清晨醒来，公主发现自己睡在森林里，一只刺猬在她旁边，城堡不见了，而王子变成了刺猬，王子不敢让公主知道他在夜间会变成刺猬。刺猬跑进森林里，再也找不到。

"公主决心要寻找王子，即使他永远变不回来也要跟他生活在一起，公主流浪了十年，有一天终于在一间破屋子里找到那只刺猬，公主俯身亲了刺猬一下，刺猬变回王子，从此以后，王子和公主过着幸福快乐的日子……"

"不是这样的，村上春树说，从此以后，国王和侍卫都哈哈大笑。"

海水深黑无底。两辆摩托车，从水泥大斜坡滑驶下来，停在我旁边，四名阿飞站在我一公尺侧打量我，意识丧失，我如槁木死灰，摩托车的尖锐声音割人。离开。……

你为什么没有告诉我就跑去那么远……

水伶，我烫伤了，一个小疤，起泡泡，刚刚西药房老板把皮剪掉……

你自己烫自己的，对不对……

澎湖很冷很美……

你太过分了。

哭泣。海洋又在流泪了，还是相爱啊！

"你说说看我跟'她'有什么不同？"

"你比较好看，她嘛，有点胖，嘻嘻……不过，我跟她在一起很自在，她碰我我很喜欢，像在玩……

"我怕你，如果你那个样子，我会非常讨厌你……"

"呜呜……你不要都不讲话，我好害怕你这样。我也不知道我为什么要这样刺你，我好害怕把你刺得烂烂的流不出血来，不要把你刺死了我都不知道。"

"一定要这么刺我，才会安心吗？"

"我怕自己开门让你进来，可是我知道你睡在门外，又忍不住不开,所以只好告诉自己说我开门,是要用长长的带刺的东西,把你刺走开。"

"没关系。我没办法说出你不要跟别人走的话,我一定会说没关系,真的我没办法。"

"我知道。"

"你都疼别人,不疼我。"

"傻瓜,我不疼你,因为我爱你。"

巡逻舰在海面上打出青蓝色的灯。在远方。不久前的事,千万个声音在我脑中。

"现在能自然地感觉到和你很近是由于过去的基础,其实,现在的你对我却是陌生而遥远。"水伶说。

一遍又一遍,不要再撞击我的脑袋了。饶了我吧,水伶,我生病了,我得做点什么来停止这种四分五裂的痛。

烫吧,烫吧,把我的心肝都烫焦吧,这是个可恶的活着……木屋别墅晕着暖黄的灯。在最近。

"我心疼你。"她抚摸我的伤口。拥抱是一首长伤无泪的离歌。

6

两个月，就从头走一遍，且是另一遍。

从澎湖回来后，已是强弩之末，困兽之斗，两只垂死的兽无法互舔伤口。

水伶明显躲着我，不是由于不爱，不是由于松开手，是怕再闻到我身上的血腥味，她努力要自我欺骗说爱没有变成一块生蛆的腐肉。她反而更振作起来生活，把我这块腐肉踢出她的现实视野，更精神地跟别人同进出。没有电话，没有只字片语，而我只是写信，一封接一封，我知道我的情歌不再能唱几日，我拼命唱到哑，像在为她囤积未来的食物。

默默地默默地，我猜到她对我的神经已经完全麻木，她拒绝崩溃。因为她以为她还可以在这种状态里找到一条夹带我的路，她在发挥理智。

在理智底下是彻底沦陷的疯狂，等待过圣诞节，等待过新年，她用更冷漠的手法拒绝我的相见，直到任由我被冷漠的高压电电死。她毫无知觉，一切由于无助。

"对不起，这么晚还来打扰你。我只是想把日记亲手交给你，因为我曾说过，若你不要我我就把日记送给你再走。

"这本大一的日记是我现在仅剩唯一能给你的东西了。现在我不是你所要的，你只爱过去的我，所以即使现在的我想爱你，只有把我仅存关于过去我的东西送给你。"我跪在她房间的床边，多日没睡，虚弱得声音在发抖。新年的隔天。

"不要……不要……"她躺在床上，床铺在地上。刹那间，她表情惊愕，猛然摇头，仿佛不堪负荷的晴天霹雳，把头深深地别过去，声音沙哑，不敢看我一眼。紧紧把日记本抱在怀里。

"我想，这一阵子，你心里早已有了答案，只是不敢说出口罢了。你一直保持沉默，什么也不告诉我，太长的等待使我受苦太深，我只好使用自己的方法，在心里等待一个自己的答案，无论你是否承认，那就是No，对不对？"我理直气壮地说。

"对，对，对，你都对，是我辜负了你！"她转过来用愤怒的凶光瞪视着我，两行泪委屈地弯弯流，"为什么你变得一点都不了解我？"

"我了解。我了解你是因为太爱我了，才这么变态。我了解，打死你都不可能说出叫我走的话，即使是事实摆在眼前，你仍要逃避事实，像鸵鸟一样拖过一天算一天。我太了解，依你的性格，你对我的恐惧只会愈来愈深，你看你不是愈来愈怕看到我了吗？"

她无奈地点点头。

"让我们分开吧，事情不会好转了，那是个死结。再下去三个人都痛苦，总有人会先受不了。我才不要再做出什么伤害自己的事，让你把 No 说出口羞辱我……"我表面上说得强硬，其实是弱者在乞怜。

"好，我说。这一阵子，我确实想了一些东西，因为你们所有人都在逼我。可是我要忍耐住，不能对你说什么，每天我都很渴望跟你说话，可是我怕一不小心稍微露出一点什么讯息，你就又要逃走，所以我要想清楚怎么说才告诉你，让你完全能懂。"一份令我陌生的坚毅神情浮现在她脸上。

"你又跑回来之后，我想我是对你很坏很坏，我也不知道自己在干什么，我把应该是给你的很多爱全部拿去给别人，对别人很好很温柔，然后虐待你，我像是糟蹋我自己……"她开始无助地哭出声。

"你不知道，我有……"她停顿了一下，勇敢地说出，"我有多爱你！可是不是这个你，是大一时候的你。我也不知道差别到底在哪里，有时候明明就是你啊，那时候我就想要快快奔到你身边，把过去来不及给你的一切都给你，我要好好爱你，可是一会儿又变成不一样的两个人了，看着现在的你，对啊，就是遥远而陌生，天啊，我该怎么办？我仅仅是凭着过去的记忆在和现在的你相处，我不敢告诉你，现在的你对我是个'全新'的人。"

我早已趴在棉被上泣不成声。

"你为什么要跑回来？我已经把你在我心里放得好好的了，你为什么又要来弄乱，我要一辈子爱你的啊！"说到激动处，她歇斯底里起来。

"我要刺你，不要你亲近我，因为你会把我心底的你弄坏……"她仿佛不认识我，含恨注视我，"我绝对不让你把他弄坏，谁都不准把他弄坏，他是我一个人的，你把我丢下不管，一个人跑掉，我只有他，他是我自己新生出来的你，是最好的你……"

她露出得意的笑声，"我求求你不要把他打破……"她歇斯底里得更厉害，像个小可怜一样向我合掌拜求。

她说到这些我确实不知道的衷情，如此深澈，如此缠绵，如此痴心！感叹这个女人的心思宛如鹦鹉螺般细致缜密，她把她幽婉的爱如海蚌养喂珍珠般地含纳在她体内，而我竟无福消受，夫复何言？

"为什么我会弄坏她?"我忍住伤悲,小心地问她。

"我不喜欢你碰我,我们两个是要纯精神的,必须。"她几乎是用一种斥呵的声音在说,微妙的自尊被戳伤,我的心腐烂成一片。

"不要难过,唉!我以为你要的是纯精神的,我以为你是因为不要这个东西才痛苦地逃走,紫明说只要那个人离开你的理由是因为爱你,你就会永远爱他。就是这样,我早已决定要永远爱你,是那么深,真可笑,所以我整个人都变得跟你一样,我继承了你,你知道吗?

"可是,你现在又跑回来说,你克服'性'的问题了,你不要柏拉图式的关系,过去的你不是我以为的那样,我却已经是这样了,我也不要你打破我心中的神像,那样我就什么也没有,我只会恨你!"她的表情、眼神、声音里都传达一种极温柔的残酷,我终得以真正与她自虐性的底蕴对决。

"我真的长大很多,不再是过去的小女孩了。我们来谈'性'吧!我从来都不觉得性有什么不好,我也觉得她很美,跟别人在一起时我可以自然地跟别人有亲密的身体接触,跟你就是不行。不是因为你是女孩子,不是因为性本身,也不是因为我不渴望亲近你,就因为是你啊……"她的眼神有力地在发光,这番话可能是她最勇敢的一次。

"不要再说了……我没办法跟你谈这个问题,只要想要跟你说,我就痛苦无比……"这是最屈辱的时刻,那份屈辱从隐藏在极深处钻出来,在我的血肉里像毒虫一样钻动,我再也坚强不过,悲凄地哀号起来。

"我知道这对你太残忍了……你是那么强烈,像一团火在烧,难道我不知道吗?你简直要把我烧成灰……我现在在这里,也是因为你把我带进来的,全都是你,你怎么可以丢下我不管?"她抱住我,安慰我。

"我何尝不想做个了断,跟你在一起,我已经三次跟'她'说叫她不要再来找我,若不是你永远都这么不安定,这些日子以来你仍然不能教我信任你会一直在那里,否则我原本是要跟着你一辈子的,唉!"她擦干我的眼泪,亲吻我的眼睛,像个虔诚的教徒。

"虽然我也爱'她',她一直对我很好,这是一个全新的关系,我可以照自己的意思去经营它,她是一个会一直在那里的人,我没有理由伤害她。可是这一直不是主要的原因,关键只在你……我就是没办法想象跟你生活在一起……你去找一个可以在生活里爱你的人吧!"

她的哭声又剧烈起来,一种温习太久的绝望感从她心底爆发出来,我更体验到她受的是什么样的苦。

"我找不到了，我找不到一个比你更爱我的人，我只要你。"

"可以，一定可以，你这么好……"

她声音渐渐微弱，眼睛红肿了，哭累了，疲倦地躺下来，要我说话给她听。我说我要去欧洲，等她以后来投奔我，那时候她可以带着她红橙黄绿蓝靛紫各种肤色的孩子来，因为她曾要各种肤色的孩子各生一个，到时候我们就会有一个美满的家……她微笑地睡着，像个红苹果。偶尔半睡半醒，拉我的手，又像个孩子一样要我答应不离开。

我最后一次看着她：柔软的长发散在棉被外面，浅蓝色日本和式睡衣，匀称修长的身体，白皙温润的皮肤，独特的淡淡香味，美丽泪痕的脸庞，闭着一双灵动的眼，手里舍不得一本日记……新年快乐。

带着这些。我轻轻转动门把，关上门。踏着黎明的曙色，我永远永远地离去。眼镜忘了带走，像瞎子般我在清晨的街头摸索着走……想要回家。家。

第七手记

1

我生命里有许多重要的意象,它们都以我不曾料想过的重量凝结在那里,在我生命回廊中的某个特殊转角。但是我从没跟这些意象里的重要人们告别或道谢过,我就是憋紧嘴赌气地任他们滑出我的回廊。

2

在这个手记里我要讲三个人,这三个人在我大学最后一年,那个生命如废铁烂泥的阶段,和我产生深刻的关联,凭着他们人格的特殊处,为我的生命注入某些强劲有力的东西,在他们身上我看到某些难以言说的人性庄严。在那些人性与人性深深交会的时刻,那份强劲与庄严的体验,使人与人间的关系超乎爱欲与个人命运,在那之前只有感动,只有默默流泪,像赤子一样流感动悲悯的泪……而心灵的苦难唯有真心哭泣能获得再生存下去的尊严。

梦生。半出于恶意半出于善意,半显得真诚半显得游戏,这个狂徒主动和我有比较亲密的交往,在二度离开水伶后的一段时间。直到现在我仍然不明了他的动机,或许是为了拯救我免于自毁,却又似乎要将我推向更彻底的堕落。

我决心要改变自己成为一个真正的女孩子，在吞吞的鼓励下，我做了个重大的决定——再也不要爱上第二个女人，追求一份正常的幸福。跟过去的我一刀两断。

长长的成长历史，我被一种无以名状的内在本性驱策着渴望女性，无论这份渴望是否实现出来，我总是因着这份渴望饱受折磨，渴望与折磨像皮肤的表里两面，我从来都确切地体会着"改变食物"对我是虚妄的道理，被囚在内在本性的炼狱是无路可逃的。这一次，跟自己一刀两断，在我脑里变得可能，且我做起来竟如此轻松简单。那一段时间我仿佛失落灵魂，我不再思念任何人，触目惊心的历史片段也极少干扰我，前面超额的悲伤重量，反而使我轻飘飘起来，有一个指示出现在我脑中——我可以随便活着，我被允许做任何事。

在这种状态底下，我变得放浪，我寻求一切刺激，我制造出各种可能性，即使它们如何短暂，瞬间消逝。我每晚都到外面游荡，餐厅、舞场、酒吧，或哪个新结交朋友的住处，我同时接受男性的追求，以极大胆又暧昧的态度在身体上诱惑男性。

梦生是其中一个对象。他很敏感地发现我有重大改变，穿着打扮女性化，言行举止散发出女性吸引异性的味道。他没有追问，改变了一种怜香惜玉的态度对待我，每隔几天就来看我，而我也等待他，像是约会。我心里虽然希望自己快爱上哪个男人，梦生却只让我觉得好笑，像个心照不宣的诡计。很久以后，回想起他那时的眼神，所说的话，才醒悟他是试着在爱我，无论他的动机是什么。

"喂，如果你找不到男人，欢迎你以后来找我。"梦生说。在我生日那天，他强拉着我到校园里，说要陪我大喝一顿，为我庆祝生日。

"梦生，你也觉得我该找个男人吗？"那是四年里唯一一次有人陪我过生日。在梦生做起来像是那么一时兴起的事，对我却是感激在心头。

"我什么也不相信，你们这些人真可笑，费那么大力气要让自己变好，什么才是好？你们都说我对自己没尽力，才会糟成这样，可是你们哪里知道，我为挽救我的生命所做的努力是你们的一百倍，现在我才不做任何努力呢！你懂得什么是心理学所说的 Helplessness 吗？我喜欢我现在就是这样，随它去糟看能糟到什么地步，最好糟到我有感觉，有力气可以了断自己。"梦生嬉笑着说。他把他作的一首曲子送给我当生日礼物。

"不过说真的，你可不能比我早死，你死了我会更无聊，你可要好好为我活着。"他把手按在我肩上认真地说，真情纯度使我们共同融在深深的了解里。他突然说："实在应该跟你做一次爱当成生日礼物才对！"

"好啊！"我欣然同意。在那个瞬间，"做爱"这件事在我们之间，似乎已完全丧失任何禁忌性或任何情感冲击的意味，甚至也不代表犯罪的享乐，只是纯粹他要送给我一件难得的礼物般，有奇妙的信任在其中。

校警的巡逻车经过，我们躲进一处隐蔽的草丛。两个人都宽衣解带后，我毫无感觉地躺在地上，只觉得疯狂。梦生突然大哭起来。

"你别虐待自己了，你根本不行的！"他大吼着说，仿佛那是他自己的悲剧般声嘶力竭。我第一次看到他在伤心。

醍醐灌顶，干涸的大地在龟裂。这个不羁的狂徒在为我难过，我感觉自己是多么爱他。对我自己的感觉是完全麻木了，我不很明白到底发生了什么事。一个遥远的声音从远处飘来，游戏结束了，没用的。

3

吞吞。她是我第一个伸出手求援的人。如果我在大学时代有学到任何关于活着的东西，是头朝向与自我破灭相反的，全要感谢她。

"吞吞，我现在可不可以到你家？我还是和水伶分开了，现在我觉得自己非常危险,不要一个人待在家里!"深夜十一点,我发出求救的讯号。

"好啊,快来,我等你!"电话那头传来关切的声音。

搭出租车赶去她家途中,有关现实的许多记忆,在我脑里手牵手绕过……我和吞吞的关系,在一年多里由于许多重要时刻,她都陪着我度过,像麻绳一样愈编愈粗。多少个彻夜长谈的夜晚,多少次身陷泥沼时,我只想到她那个温暖的房间,听她说说笑话。多少个重要时刻刚好她就在我旁边……

烫伤自己,前往澎湖之前,正在狼狈地收拾行李,吞吞突然来按电铃。她像往常一样,真诚聆听我诉说完我的感受,试着以高度的智慧将我导引到较开阔、希望的方向,努力不让我感觉生命毫无转圜余地。那时她来告诉我,她决定要休学,好好把失眠的毛病治好。虽然她自己也处在麻烦的状态中,她仍然能凭着天生幽默、明朗、具有特殊穿透力的个性,冲撞开我的绝望。

她送我到松山机场,叫我要活着回台北。走进检票口,回过头看她,殷殷的担忧还流露在她脸上,在我真实的精神世界里,只有她是唯一的亲人,站在那里,代表着向我招手的现实彼岸。其他人,水伶、梦生、楚狂、至柔……都像幻影,他们和我站同一边,吞吞站在另一边……

"吞吞，还是像个废人一样，这么多年了，为什么我没有变得比较好？每次花那么大力气盖起来的生活建筑，一下之间就全垮了，'眼看他起高楼，眼看他宴宾客，眼看他楼塌了'，然后一切又要从零开始，这个世界真吃人、真可恶。"

"你太疲倦了，先躺下来睡一觉，明天醒来世界就会不一样了。"吞吞的房间在楼下，她的家人都已入睡，她蹑手蹑脚地为我泡牛奶、切水果。

"你要再搬家吗？"她问我。

"嗯，明天就去找房子，最好明天就搬，再住在那里，我会疯掉，光一想到她是不是可能会再打电话来、写信来或是来找我，就够我受的啰！你就是会难以控制地在心中等等等，光是强迫性地开信箱、接电话，就可以把我的手弄断！"

"你再搬，干脆我来利用你做房屋中介人好了，每隔几个月你空下来的房子，我再介绍给别人，抽取佣金好了。"

"那你何不连我也一起中介，在广告上附加：每周日晚间有特定小姐陪睡？"

"那可不行，因为你不会避孕。"她笑着说，"你今晚最好把你现在这个家的电话号码背熟，上次你自己要跟原来的房东讨押金，还打电话来问我你上一个家的电话号码，才隔一个晚上吔！"

"你失眠好一点了吗？要不然利用晚上的时间来做'家庭手工'赚钱好了，什么削芦笋啊、剥橘子啊、补渔网啊……"

"对啊，还有绣荷包啊，"她接着说，"嗯，休学是对的，我现在作息很规律，差不多十一点就上床睡觉，睡觉前做一下瑜伽，躺下来如果又感觉到寂寞之类比较不好的感觉，我就一直念大悲咒，我妈妈教我的，慢慢地就会觉得心里很平静，很想赶快进入梦里，做很奇怪很好玩的梦。我在师大分部那边学瑜伽，每周一、三、五，学瑜伽真棒，我以后一定要一直练上去，练成瑜伽行者。"

"瑜伽跟佛教里的修行方法有什么不同吗？"

"瑜伽很开放，它不反对性，性也是瑜伽的一个方法哦！那个反对性的宗教都是后人造成的偏差，佛陀是不反对性的。多棒啊，拉子，我要跟A一起去练瑜伽，以后可以成立一个传道中心，专门教人家怎么达到性高潮，在真正的性高潮里可以有宇宙感。"

"好啊，你一定会上电视的。那动物系怎么办？"

"唉，也是蛮烦的，科学好玩是好玩，可是也蛮无聊的。你花那么多时间读那么多枯燥无味的东西，我想起你以前说的像在'挑砖块'，有些学科简直就是吃木材嘛，然后辛辛苦苦才得到一点有趣的东西，到底什么时候才可以从生物的研究知道人的灵魂……不过，因为我是保送生，我们系主任很疼我，前天我去办公室问复学的事，跟系主任坦白说我失眠的状况，他长得好像菩萨，眼睛难过地看着我，害我忍不住哭出来，他就像爸爸一样抱着我，拉子，我要赶快去勾引他，他一定很喜欢我。"她兴冲冲地说。

"好啊，勾引系主任的事多棒啊！只要不要怀孕。"我也煞有介事地说着。

"这不担心，我知道十六种避孕的方法，我还教我妈咧！"她得意地说，"拉子，我们不要念书了，我们去做生意好不好？"她又开始顽皮地使怪招，"我爸买了一台'胜家'缝纫机给我，我好喜欢缝东西哟，现在每天都坐在缝纫机前踩出稳定的人格，我给自己缝了小皮包，还给家教学生缝一个铅笔盒……"

"天啊，连缝纫机都可以踩出稳定的人格？"我咋舌。

"你看，这件睡衣好不好看？拉子，我帮你做件性感睡衣好不好？"吞吞比了一件穿在她身上的睡衣，白色丝绸做成，薄薄又显得相当质感，穿在她玲珑有致的身体上，感觉很雅致高贵，吞吞在生活方面称之为艺术家，一点都不过誉。

"算了，像这样太露了，穿在我身上变成卖猪肉。"

"对了，我上个礼拜梦到一个梦，我和至柔坐在教室里，好像在上军训，你穿着一件燕尾服，绿色的，到我们教室的窗边，向我招手要我出来，燕尾服咃，我要把那幅图画下来送给你。"

"你看，你的梦多了解我，还让我穿燕尾服！"我打趣着说。

"好不好啦，我缝纫或用手工做一些东西，然后你拿出去卖。不然，我们一起开公司，做有创意的生意。喂，我不是告诉过你，算命的说我若是走'废物利用'这条路会大发吧！最近报纸上在登，说有一家化妆品公司，巡回国际在招收一些愿意学习化妆的人才，我也有一股冲动好想去报名。唉，为什么还得熬那么多年，才可以自由去做一些好玩的事？"

"做一阵子生意也好，做太久会变成大便和垃圾。只要有你在，做什么事我都觉得很放心，我们一定会成功的。"

"欸，我也这么觉得，我们俩在一起可以做很多事。"

凌晨一点多，两个人都觉得肚子好饿，她家刚好就在夜市里，我们并肩散步出去觅食。大摇大摆走在收摊后萧条的夜市，像黄昏的双镖客。

"真怀念高中时代,那时候我们有'十三太保',每天都会去做一些好玩的事,生命一直都在动,那时候我好像是属于群众的。现在的生活,整个都被男人绑住,只有爱情,好像没有办法再回到群众那边。都是至柔啦,都是她把我从那里面拉出来的,从此以后就一直都有人会跑进来……"

"又不是有巢氏!吞吞,现在男人们怎么了?"

"'男人们'?"她拔高声音,斜看我一眼,"没有那么多啦,也不过三四个,但主要还是 A 啊。"

"其余是不是都'备考'?"

"他们自己要来我有什么办法?罗智成那句诗啊——'我不知道有那么多星星偷偷喜欢我'。"她无奈、捉弄地说。

"我真骄傲我有你这么个好妹子,你可以跟李棠华特技团比美,两手各旋转一个男人,头上再顶一个。"

"我还可再抬起一条腿,转动另一个比较瘦的咧。"她作势要表演给我看。"唉,还不是老问题。拉子,要是能把 A 的头脑、B 的钱和房子、C 的上半身加 D 的下半身这些都凑在一起,我就不用在这里'挑水果'了。"

"慢慢来，会有一份统一的爱情产生的。现在实行'养鱼政策'也不错啊！'生命是一种渐行渐深的觉醒，当它达到最深处时，便将我统合为一'，这是一个哲学家说的。"我安慰她。

"我二十岁生日时一定要做一件特别的事——到醉月湖去游泳！"她说。

回到她的卧室，我又显得落寞。吞吞说要弹吉他唱歌给我听听。吞吞、吉他、唱歌三种东西加起来，不知会勾起我多少美丽的回忆，令我无限唏嘘……

首先出现的仍是那幕至柔和吞吞在雨中卖唱的叠影，感叹是极深的，仿佛那个影像就是"幸福"的定义……接着是吞吞他们乐团第一次登台表演时的情景，我跟着兴奋，要去献花给她，晚间七点在校总区的"小福"前面，不是正式的舞台，热情的学生包围着他们，吞吞把一件衣服横绑在腰间，紧身牛仔裤、背心、像个"孟浪"的前卫女歌手，当她在上面一边弹 keyboard 一边主唱，高亢的歌喉将英文歌曲带到一个嘶哑的高潮，那一刻我是多么激动，我方才明了我跟吞吞两个人在深处是如此像，或说我是多么希望成为她那样的人，若论喜欢，她真的是我在这个世界最喜欢的一个人……

"吞吞，我好想水伶……"我变得感性。

"我也好想至柔……"她也跟着孩子气地哼哎起来。

"吞吞，弹那首……叫 Cherry Come to 嘛，给我听。"

"不可以弹这首，我会受不了！以前我和至柔最喜欢的是一个乐团，叫 The Smiths，里面五个都是男的，主唱和吉他手是一对恋人，吉他手是爸爸，主唱是妈妈，他们可以笑着唱'我要打落你的牙齿'，有一首歌说'曼彻斯特要负责'，他们长在曼彻斯特，所以用幸灾乐祸的口吻说曼彻斯特要为造成他们而负责……还有一首歌描写他走在沙滩上看到女孩子要勾搭他，他唱着'She is so rough, I am so delicate（她如此粗糙而我如此细致）……'"她边哼给我听，表情陶醉在甜蜜之中。

"吞吞，怎么不再去找她？"我鼓起勇气追问这个禁忌的问题。

"不要再说了，叫我拿什么脸去见她？拉子，你要知道，这两年我已经完完全全变成一个女人了，一切都会不一样，我不纯洁了，不敢再面对她。就让那个最美的回忆停在那里，到目前为止，大概只有那一次是最醇的，只有她让我不顾一切地出去……"她声音逐渐微弱，我拍拍她。

"不过，拉子，我相信你会跳过你这个阶段的问题的，人本来就是两性的动物，执着在一个性别上面才是扭曲，你可以把你的阴阳两性都发展得很好的，那时候你要爱上谁都可以很自在，只要以阳克阴，以阴制阳就好。你太容易绝望了，换了一个角度，一定会这样吗？你也要发展你的女性！"

"我也很想爱上男人啊！可是，有太多女人那么美！"

"'牛啊，牵到北京还是牛。'嗯，不过女人真的是又美又神秘。"她也啧啧起来。两个人像老饕一样又开始说起女人如何如何美，彼此都忍住不笑，玩老把戏。

"吞吞，我肚子饿了。"我向她耍赖。

"是啊，我真该去行光合作用来养你。"她戏谑地说。

"那我可以写一篇小说，叫'我那行光合作用的妹妹'。"两人大爆笑。

那一夜，她让出她的床给我，自己睡地上。柔软的被子，极安全极安全的感觉。这一次，我没向她显露痛苦的深度，我忍耐着内心残破不堪，意志散裂开，能量濒临破产。有时，亲人间由于怀着太深的爱，感情沉重到简直不敢触及，那彼此界线崩溃的点，情何以堪！

能在这里，如此侧睡着，一切已经很好很好了。明天我要起个大早，精神抖擞地去找房子。

4

小凡。这个大我五岁的女人,在最后进入我的生命,将我的命运推进到较水伶更深更荒僻的点,为我支离破碎的青春期动缝合大手术,从此以后,我有一张完整的脸,长满缝线的脸……她成了我脸上的缝线,我却只有能力描写关于她的少许残缺片段,作为备忘录中的重要一栏,写她的每个碎片,我脸部的缝线就如同穿在肉里拉锯般疼痛……

"唉,想当年我十六岁就被'骗'离开家。那时候我老妈送我到车站,同镇和我一起要到台北念高中的要一起搭中兴号,我老妈站在检票口笑着跟我挥手,车要开了,突然间她在人潮间挤着,眼眶里迅速涌满泪,挤到检票口前,像小孩般无助地哭着,那时我不明白她怎么这样,只是很心疼,好多年后才明白。"

我现在都还能听到和她第一次对话的声音。我们在同一个机构里当义工,晚间交班时段大家一起吃便当,我是耍宝大王,在耍宝间放进一些含感情的事。一个坐在远处角落的女同事,静静地吃饭,极少插嘴,她很仔细在聆听,微笑地看着我们,偶尔插一句,总是插得巧妙,令全场莞尔,聪慧的幽默。她突然接住我话说:

"说'骗'真是用得好,我也差不多是你那个年纪离开家的,到现在在台北整整待了十年,每次长假回到桃园老家,'家'变成只是有一对唠叨的老太婆老太爷住在里面,而你有义务要每隔一段时间回去陪他们看电视,就是这样而已!其实,被'骗'离开家之后,就再也回不去了。"

人与人就是这样一句话间相遇。我直觉这个比我大很多的女人,和我使用同一种频率的语言,她可以了解我在说什么。我开始怕她。

"你的血型是不是 A 型?"不知不觉,我和她攀谈起来。

"我看起来不是不像吗?我给人的感觉谁也不会猜 A 型。你从哪里猜的?"我主动问她话,她脸上没任何生疏或距离感。亲切从容地回答我。

"从依赖感。"

"依赖感?我外面看起来很依赖?欸,你这种说法很特别,我朋友那么多,从来没人说过我依赖,我看啊,他们还巴不得我更依赖一点,尤其是我未婚夫。你说说看,我很有兴趣。"

"不,不,我要说的这些话完全没有证据,只是一种直觉。你外表看起来再独立不过,你知不知道你给我的第一印象是很女性的温柔,第二印象是干净利落,怎么这个女人说起话、做起事来能这么干净利落。你外表就是给人这种感觉,仿佛不需要其他人,可以独自一个人很迅速又完美地做完很多事,并且用很温柔的态度,还有一点,你对自己所做的每个细节都要求很严格。"

"你说得很对,我喜欢独立作战。每当我碰到难关或遭遇挫折时,我只要别人把关于如何解决问题的话告诉我,其他安慰的话都不要说,我会静静地听,然后一个人关起来想要怎么办。连我跟我未婚夫也很少说什么感觉的话……"她当成笑话讲,不在乎地,"我跟他怎么讲电话的?他打来,说是我啦,我说我知道,他问我有没有什么事,我说没有,他说那我挂电话啰,然后我说好吧,就这样。"我可以感觉她话里藏有一丝心酸。

"或许吧,就因你表现得完全相反,所以 A 型人的那份依赖感,在你心里放得很深,因为你很少用它,它还沉睡在那里,保持纯粹。我有一个朋友认识很多年,她就把她的依赖发挥得淋漓尽致,我对这方面嗅觉特别灵敏。你的举手投足里,自然就散发出依赖的气质,你自己不使用这部分,当然意识不到,其实你独立得过分了,何不放一些依赖的东西出来?"

"去哪里找这部分的我呢?我太早就忘了怎么依赖了!"她说。

5

小凡是我所见最绝望的女人。她记忆着绝望,生活在绝望里,内在全部发出的讯息唯有绝望。我因她的绝望而爱她,因她的绝望而震动,因她的绝望而被压垮,因她的绝望而离开。她的绝望就是她的美。

每个礼拜值班时间,我暗暗期待见到她。白天她是"救国团"的职员,晚上她和未婚夫,以及几个朋友合开一家pub,每周六下午就来值班。我们搭档工作,是棋逢敌手的工作伙伴。她值班时,工作过度,来时经常显得憔悴,我看在眼里,有心无心照顾她,她对我微笑,疲惫的微笑。

她常问我为什么来到她旁边?我说因为你聪明。她又问我为什么是她?我说因为你很美。她说难道你不知道我什么也给不起你,我说反正别的女人也不要我,闲着也是闲着。她说你会受不了的,我说到时候再说。

未婚夫没来接她时,她坐我的脚踏车,她不相信我载得动她,我坚持载她回家。我骑上车,快速飙车,她如此轻,闯红灯、急转弯,她变得孩子气,快乐地当街欢呼,说没人用脚踏车载她骑这么快。我们要骑上一座大桥,脚踏车的通道很陡,周围机车高速呼啸而过，唯有这辆脚踏车，我骑得汗流浃背，危险而迟缓，她在后面呐喊加油……

她快乐的能力稀少得可怜，却显得快乐。她总是显得快乐，自然而具感染力的快乐，由于她对人性太聪明，好容易就把自己显得均衡优雅，像一件名家手里的乐器。

载着她，她的重量如实加在我身上，仿佛那一刻她是属于我的。辛苦地骑上大桥，徐徐的凉风从四面八方宽广地吹过来，桥两边是深邃的河床，黄昏的天空散着红晕，从左手边又圆又小的夕阳，发出渐层的效应。

我和小凡深呼吸着，全默静。我放轻脚力，使速度尽量慢，希望永远不要骑过桥。我背对着她，她靠我那么近，我可以感觉到她的呼吸很特别，位置非常深沉的呼吸。我想过总有这么一天，要素面相见的，临到头仍然手足无措。她问我是不是离职后就看不到我了，以从容而了然的语气说。一下之间显得苍老而练达，流露出深沉而忧郁的气质。

我真正明了了她灵魂所在的深处，对这类人的洞察力几乎是我的天赋。只要你继续经营 pub，我会去看你，不确定什么时候会消失，我说。白色的鸽成群飞过，那一瞬间，有种全然自由，想要彻底去爱的感觉袭击我，我预感我会把没人来使用的爱，完全给这个女人……

这一小帧灰蒙蒙的照片，几乎包括了我和小凡间全部的意象。

她知道我暗恋着她，知道我的魔障，知道我揣摩着她灵魂的脉络，知道我会懂她，知道她可以在精神上依赖着我，甚至知道我会如何从她眼前消失。从桥上那句话我听出来。我也听出来她对我动了感情，她是极不容易让别人打动的，她把自己藏得太深，她预先在舍不得我消失，她对我的感情是复杂的。

水伶折磨我最烈那段时期，我消失了一个月，没去值班，也没跟任何人联络，我瘫痪在家。突然接到一通电话，小凡柔美的声音传来。你听好，我也不知道自己有什么理由打电话给你，更不知道我打电话给你会有什么意义，但是我只想要确定你还活着（说到这里我确定她哭了，她噙着泪忍住声音）……算是为了我自己，这样可以吗？你一个月不来值班，我知道你出事情了，可是我实在没有资格管你的生活……你太霸道了，你那么照顾我，我的什么事你都要管，可是你自己心里的事从来不告诉我，出了事就一个人躲在家里堕落，我呢，我到底能为你做什么？还不是在这里，等着你收拾好自己，再嬉皮笑脸来值班，你让我觉得好无助（她又露哭泣的鼻音，从头到尾都努力要理智地说话）……

最狂乱那晚，我终于去 pub 找她。我已喝醉，她什么也不问我，只是体贴地陪在我旁边，平稳地说些我旷职时期发生的趣事，以及她生活的近况，我笑着听她讲，笑得太厉害身体剧烈颤动，一面笑眼泪流个不停，她以一种坚强而了解的神情，直直注视着我的眼睛，我也望进她深邃的眸子，她继续平静地说着细节，手轻轻拂去我的眼泪，我笑得厉害，想我有多渴望如现在这般地被爱啊……

酒性发作，我在洗手间狠狠地吐了满地，我叫她别管我，不愿让她看到我这副德行。吐完，我躲在 pub 的一个隐秘角落，失去控制地自己烫伤自己，我以为没被她发现，回头一看，她正站在吧台里，一边调着酒，眼睛注视着我，两行泪默默流。

6

半年后，我搬进小凡住的公寓，她收容如野狗般流浪的我。那几个月和她同住的时光，是我四年里几乎可以称得上"幸福"的唯一日子。仿佛死前的回光返照。

绝望、痛苦、腐败、孤寂的阴影缠着我，随时可能在明日世界把我拖走吞噬掉。我暂时清醒且精神地活着，像在末世纪里，享有华丽而奔放的生命感。奔涌的热情完全导向小凡，宛如飞蛾扑火，我放任自己水坝里的爱欲之潮尽情地狂奔，狠狠地去爱小凡，不顾一切的姿态，到了毫无廉耻的地步。卑贱。

小凡是唯一和我做爱的女人，那是我一生中最美的回忆。所以，读到这里，应可以懂得我是如何无能描写这个女人，写在这里的又如何注定若非断简残篇，就是赝品。我咬着牙在写她，猩红的灼热感狠狠地在我体内烧，几乎要因想起她而抓狂尖叫。而这也是我一生中最耻痛的记忆。因为我从来都不知我在这个女人心中到底是个什么样的东西，一辈子也不会知道。

7

"小凡，怎么了，到底发生什么事？"

我在我的房间等她，关着灯躺在床上，听到钥匙旋转门声，我冲出房门。十二点，她一进门，脸色惨白，走进她的房间换了衣服，毫无表情地走出来，走到厨房煮开水。我着急地跟进跟出，她偶尔朝我做个木然的微笑，坐在餐桌上发呆，形容枯槁。她每晚回到家，都会先敲敲我的房门，跟我说说话的，像今晚仿佛失了魂，照她的行为轨迹，我预感有什么严重打击发生，心里开始觉得痛苦。

"你看什么？"她坐在餐桌前，又好笑又疲倦地问我一句，仿佛突然发现我在看她。

"我在看你发生什么事了?"她闷不吭声,我有点生气地说。

"不要给你看。"她孩子气地说。

她站起身,摇摇头,叹着气,又孩子气地瞪我一眼。走进厨房冲牛奶,直接走进房间,用力关上门,我还听见按锁的声音。没说一句话。

这是她独特的作风,有个禁区是我永远无法踏进的。几个月的居家相处,我们有成百个钟头的时间在谈话,对她太熟悉,我几乎熟悉她每个细腻的脉络,我闭上眼睛就可以想象到她心灵的地图。她是如此慷慨,任我贪婪地了解她。唯独一个禁区,她顽强地以孤独将它填满。仿佛她永远佩带一支枪,陪伴她入眠,无论她旁边睡的是谁。

我敲门,难耐一分钟地敲门。这就是我之所以盲目、毫无廉耻的地方。我强行闯入,对她造成严重的侵略,每当这种时候,前半段的日子,她勉强容忍我;后半段她只好被迫射伤我的腿。说来可笑,由于不能忍受她独自受苦,我央求她开门,坐在门口等待……

"可不可以拜托你不要管我?"门被转开,她坐回床上。在黑暗中垂着头,一丝头发掉在前额,她自暴自弃地说,仿佛在对我发脾气。

我沉默。宁静地睁着眼看她。

"你说话啊?"她抬头看天花板,调整眼眶,努力压抑着她的脾气。

"是不是跟他吵架了?"我小心地说出来。

"我不讲话,你还蛮习惯的,你一沉默,我就非常害怕。"我坐在床尾。她转过头来正视我:"这是周期性循环,每隔一阵子人就会停摆,连上发条都没有用,就这样,躺在这里,动弹不得,又睡不着,一睡着就噩梦缠身,根本就没在睡,睡醒了比没睡更累。刚刚我躺在这里,知道你在门口,我脑里有一个很小的地方,知道要去开门,可是我爬不起来,我的身体被很多过去的记忆霸占住,它们像几百个电流,在我脑里窜动,可是我无法集中起来,我没办法想它们是什么。然后,突然间我想到死,很久没这样了,我想就这样死掉好了。"她轻松地笑了笑。

"躺好,沉沉地睡一觉,我坐在你旁边陪你。"我帮她盖好棉被。

"刚刚,坐在车上,两个人都快发疯,他又要我去嫁给那个大老板,我听到,冷冷地就要下车,他粗暴地抓住我的手,不让我下车,冲动地骑着车去撞墙,头猛往驾驶台撞,我抓伤他,甩开他的手,下车跑回来⋯⋯唉,十年了,跟他纠缠十年了,也不知道是什么冤孽,我都已经跟他这么久,他还是没勇气娶我,而我竟然不知道到底为什么，荒谬不荒谬？

"他是我五专高我两届的学长，我一踏进学校，我们一共有七个人就在社团里变成死党，从那时候，我们就在一起。我们毕业那年，我们决定先订婚，结果……那一天，他突然消失，连他的寡母和弟弟也不知道他去哪里，一年内毫无音讯。订婚那天我不知怎的，肝炎发作，送进医院住了三个月，那一阵子我掉了十几公斤，才变成现在这么瘦。三个月里我没跟任何人说一句话，流干眼泪。

"后来，我去一家公司工作，因为我妈的关系，就接受我们老板对我的追求，我妈很喜欢这个老板。他大我很多，一个非常成熟体贴的男人，又多金，可以帮我养我的家庭，他到我这里来，还像爸爸一样下厨煮饭给我吃，对我好到令我内疚，因为我一点都不爱他。直到现在我订婚了，他都还在追我。"

小凡叹口气，抓起我的手掌玩，我一再拨弄她的头发，随着她的记忆，她在我心中推得更深。我更细腻地揣摩着她独特的情调，因虚无而对一切释然。

"一年后，他又出现，才知道他跑到东部山里的一所小学教书。之于逃婚的事，什么也没说，每天出现在我旁边，一边念研究所，自然而然像什么事也没发生，我一点都没办法拒绝他……你能了解吗？肝病那次，他几乎带走我的命，我吓住了，才明白某种东西在我心中的分量,那次之后,虽然他又回来,但我似乎找不到我的心了,像个空心人,我只要工作再工作,赶快赚够一栋房子安顿我爸妈,可是我无法想象他又离开我……

"有一个晚上,他送我回家,把一枚戒指套在我手上,他说这是补从前的仪式,我们早已订婚了不是吗?从那个晚上开始,我就活在一种仿佛兴奋的等待状态中,等待那一刻的来到,多年前那一幕的重演,且怀着信仰般的信任在等。好不好玩?"她突然中断。问我。

"你累不累?要不要休息?"我情不自禁,亲吻她的额头。

她仿佛没注意到我,继续有点兴奋地说。在她的叙述里,散发出一股二十六岁过度成熟女人的魅力,一波又一波侵袭我,吸引我,占有我。她的美感不是感官的,而是心智上的,或说伦理的。她的语言里,显示着极大的宿命,原始而神秘的,这是天性流的绝望的血,她透彻地洞悉命运的本质,由于过早地在那深底浸淫太久,使她足以含蕴世间诸象,仿佛在其中游刃有余,并且具备能穿进人性奥秘纹理里的柔软度,这就是我在与她相处时,惊讶于她竟然能知道怎么对待我,用一种如同我对待我自己的方式在对待我,全由于她在人性方面的成熟。

"你看我跟他是不是很不合适,我们俩从不跟对方说我们在想什么,我们约会时除了日常必须外也很少说话,我们都很喜欢朋友跟我们在一起，那样我们两个都会很疯，说很多三八话，其他时候，我甚至怀疑他并没在想什么，他不像我们会意识自己。他只去做……有时候，我也莫名其妙怎么会跟他在一起，难过的时候，我可以跟你说，可是没办法跟他说……"

我钻进被窝，跟她躺在一起。她起身放一卷哀伤的电影配乐。

"我一直都是个失败者。从我有记忆以来，就在这里，哪里也没去。我非常羡慕你们这种人，你和他都是，你们好像做什么事都会成功，并且你们也很自信地这么觉得，你们那么自由，仿佛你们可以到任何地方去，并且你们也会对自己说我要到什么地方。你们是那么'优秀'，从前，我就是觉得跟他在一起，好像我就拥有他的'优秀'，然后我可以很安全地躲在他后面……不知道从什么时候开始，我就甘于在这里、蹲在与生俱来的自卑里，我到什么地方去，都不是因为我自己，都是为了跟上我周围这些'优秀'的人……我太爱你们的'优秀'了！"最后一句是苦笑着说出的。

她转过身去擦眼泪，内敛无声地。她所展现在我面前的悲伤，是我所见过最沉重的，她神情里的绝望，也是我所仅见最锐利的。她几乎从不为自己流泪，外表柔弱，可是性格里有种坚强，专门对应她的绝望，仿佛绝望可以将她磨成灰也不化的，所以她很少软弱和自怜。我常觉得她坚强到残酷，对自己也对别人残酷，于是，我给她的爱全被摧折，甚至践踏了。

由于绝望。她不会让自己真正臣服于什么的。

奇妙地，她的悲伤使我进入深刻的痛苦感里，肉体的痛苦，我的内脏有个地方在痛，全身发热，心跳急剧，是肉体痛苦也是性兴奋，我痛苦地感觉到自己在渴望她赤裸的身体……

我把她的身体扳过来，激情地吻着她的脸部、身后、颈肩，她震惊着，身体紧张，无言地领受……黑暗之中，音乐悠柔流转，像纯白牛乳，窗帘轻轻飘动，夜色若隐若现，间歇车声闪过，空气颗粒仿佛触摸得到……她挣扎着转过身，难过地说要我别刺激她，说谁也负不起责任，说这样对我不公平……我从背后抱住她，再将她转过来，深深地抱住她，泅进更深的爱欲里……

从此，她身上的香味进入我身体记忆里，我随时都可以想起。

"让我看看你的眼睛……以后你叫我怎么办？"她说。柔情似水。

小凡她之所以接受我，是因没有拒绝。而不是爱。

8

"鳄鱼俱乐部"的事件之后,整个社会都因鳄鱼而疯狂,俱乐部的人们证实亲眼看过鳄鱼之后,鳄鱼消息从人们纯粹臆测的头脑体操,转为严肃考据的研究课题,鳄鱼新闻也从版面上"黛安娜王妃入主英国皇室"头条花边的位置,搬到"本国人民血统是否将遭革命性突变"整版专题的地方。平日每三个人就会有四个方向的社会,团结一致将找出鳄鱼当成第一要务;大家很有默契,只在私下交换有关鳄鱼的情报,一到公共场所全都噤若寒蝉,唯恐惊吓到鳄鱼,每个人都提高警觉,四处侦察鳄鱼的踪迹。他们相信,这样鳄鱼就会以为人们不再注意鳄鱼。

各式各样的鳄鱼专家因应而生。每天都有新的博士在报章上发表鳄鱼的研究报告,资深的大学教授则跟电视签约,主持《鳄鱼夜窗》节目。其中,最具权威的是有关遗传工程、发展心理学的学者,"内政部"官员和法律学者。遗传工程学者主张,从他们搜集的鳄鱼细胞组织研究看来,鳄鱼是与人类不同的生物支所演化而来的一种类人类,有百分之八十的可能性会与人类交配而产生混血的新人类品种。

发展心理学者则主张,鳄鱼是由人类突变而成。根据他们所掌握的一批宣称教养出鳄鱼的家庭,调查指出从出生到青春期之间孩子逐渐有异于人类,而长成鳄鱼的外形,至于哪里有异则语焉不详。

大家一致指出，到了十四岁鳄鱼会自制"人装"，逃离家庭。导致鳄鱼的原因不明，然而学者呼吁，就社会心理而言，若不设法防杜鳄鱼的突变，愈来愈多鳄鱼在社会行走，最后会诱发社会全面鳄鱼生态的流行与不正常遗传。

法律学者声称，为保卫本国五千年的文明传统及巩固社会制度，应提前修订工作法、财产法、婚姻法等，限定鳄鱼族的职业范围在特定的观光与服务业上，扣除较重的赋税以免坐大鳄鱼的社会资源，并明令鳄鱼不得与人类且鳄鱼不得与鳄鱼通婚。"内政部"官员则赶紧上电视声明，近来"保鳄组织"日益庞大，天天在台北市游行，到"立法院"施加压力，要求订定"保护鳄鱼法规"，他们认为应辟出一"鳄鱼生态观光区"，否则鳄鱼即将绝种；官员重申，"宪法"将有条件保障鳄鱼的生存权。

喧腾一个月后，"卫生署"发表秘密研究的成果。据"卫生署"追踪十二月二十四日参加"鳄鱼俱乐部"的十六名活动者，发现一个月内有百分之五的人皮肤发生变化，部分皮肤呈现红色，且长出密密麻麻的黑色斑点，在这些人的毛发之中检验出，以高倍显微镜才能看出的微细卵状物。"卫生署"发言人作出两点惊人结论：

"那些细卵若非鳄鱼所分泌出特殊的致死物，就是鳄鱼所产的卵，鳄鱼是种卵生动物，而鳄鱼的生殖方式，不是借由实际的性交而产生新个体，却是借着排出的卵，进入人类体内，将原本的人类

'制造'成新的鳄鱼。"

整个社会震惊,哗然。

"保鳄组织"跟"灭鳄行动联盟"(简称"阿保"跟"阿灭")举行全国公开大辩论,由三家电视台联合转播,在晚上六点的黄金时段播出。

"无论关于鳄鱼的研究如何争论,鳄鱼一定不是纯正的人类,反正只要跟我们绝大多数,百分之九十九点九的人不一样,就是不正常的,各位,你们能忍受变态的因子在社会上流转吗?你们愿意未来我们社会的人们统统变成鳄鱼吗?"阿灭说。

"阿灭,可是你并没有实际看到一只鳄鱼啊,如何能先谈鳄鱼对未来社会的影响?"阿保说。

"难道现在鳄鱼对社会的影响还不够大?不是也有人亲眼看过鳄鱼吗?鳄鱼异于人类的现象一定是事实,否则社会如何会这么不安?我都可以想象到鳄鱼穿着'人装'的样子,鳄鱼那可怕、长着斑点的红色皮肤,还有一想到人模人样的它在产卵的样子,就恶心地想吐。"阿灭说。

"可是鳄鱼也是由人生出来的啊,那不是表示你、我身上,都有这样的可能性吗？虽然微乎其微，否则为什么你能有那么真实的想象？"阿保说。

"鳄鱼绝不是人生的。"阿灭说。

"如果照你所主张的，将鳄鱼全都关进监狱，那么万一，万一你生了个孩子是鳄鱼，或你自己有一天突变为鳄鱼，那你怎么办？"阿保说。

"绝不可能。我会把我的孩子或我自己交出来。那你的办法是什么？"阿灭说。

"我们的目标其实是一致的。保护现有的鳄鱼，让它们自然生存下去；可是由于鳄鱼危害太大，必须让人们有所警惕，所以我们严格编列鳄鱼名册，把全部的鳄鱼都集中在某一个特定的观光区里生活，如此一来，既可监控鳄鱼，防止灾害扩大，又可作为活标本，实际遏阻人们走向鳄鱼之路。"阿保说。

隔日，"卫生署"及"警政署"发表联合公告——

从今日起，订一个月内为"鳄鱼月"，接受全国鳄鱼自由投案，凡本月内向卫生署或警政署登记者，将不予以公布姓名，并给予治疗及生活保障，逾期未登记而被发现者则科以刑罚，罚则另议。

第八手记

1

活在世间对待爱情的态度，与其说是圆成一个理想永恒的爱情想象，毋宁说是去面对一个又一个荒诞残缺爱情意义的责任。

2

水伶继续在我心中，像一座水滴的钟摆，从记忆深谷的跫音，荡到现实杂沓的敲击声，再荡进马耶幻境，万籁俱寂……

一九八九·十二月十六日

水伶，这是抵澎湖的第二天，已错过天色最美的那段黄昏，等我带着日记本和一颗清明的心到旅馆中庭的阳台，想坐在白色的圆椅上，陪七彩的天色隐入黑暗，在迅速偷颜换色的过程，给你抢写一段美丽的心情。然而海面只余一种昏暗的橙，和被黑缩挤的视野，海已近模糊了，我真不忍，不忍未经美丽就衰老的事物。

我很快就又会习惯黑暗中的海，且随着夜和海风的旋律兴奋起来，不是吗？昨日乍见黑暗中的海，就是如此。但此刻我只好深情地注视黯橙的海面上几星绿灯，抱着来时的等待退走，避开霎时全黑后凄凉上袭。

每当跟你说话时，我慌张，那些话一出口如脱缰野马，我驾驭不住它们在真实描写我的跑场内，零碎的我像漂浮海面的碎冰块，一踩上去就翻落。最后，我甚至连努力想给你写信都难以完成，躺在床辗转翻覆，脑里似有千百个声音在那里冲撞，怎么也无能爬起来收拾房间，无能抓起笔涂抹纸页。这种情况在两个月里继续存在，我太恐慌了，不敢告诉你。

逃到澎湖。我想我已经被打得溃不成军了，那种心慌的感觉，像个忠贞的旗手，眼看着士兵们都溃败殆尽，却还强撑着，高举窸窣的旗子，标志自己还不肯投降。

一九八九·十二月二十八日

你罚我等，我在等你来告诉我你长长的缄默是在等待什么？我要等待诚实的穿越，穿越你还有这段爱情对我终极的意义，我要眼睁睁地注视，抽丝剥茧后我们之间究竟该是什么样的关联？

爱不在任何结局，能爱而去爱或不能爱而不去爱这种过程，才是终极的意义。当命运塞给我任一颗黑珠子或白珠子时，我怎么也逃避不了，唯有老老实实一颗一颗地穿越。生命的深度就在穿越的串积之中。

我在等待你是不是我该献身以待的人。如果我那样去对待一个不是我该如此对待的人,那我就只是徒然在伤害和糟蹋自己。

一九九〇·一月三日

舍不得。西藏喇嘛说:"出家不是为了这个世界,而是接受他们的离去。"永远都看不到你和我的日记了。

痛苦像一个破了底的口袋,一直漏个不停,我不知道要怎么样才能让它把破洞收缩起来,要怎么样才能做到村上春树所说的:"六年里我埋葬了三只猫,烧掉了若干希望,把若干痛苦卷进厚毛衣里埋进土里,一切都在这无从掌握的大都市进行。"我没办法终止现在的精神状态,痛苦无限蔓延要爆破脑袋……

一九九〇·四月十九日

水伶,我们是该分开的,四个月以来,我住在一个全新陌生的地方,又想了这么久。关于爱情,"永恒"和"分离"是我的主题。经常我彻夜痛哭,经常我黯然流泪,花大量时间和精力想失去你这件事,为了永远不能再与你生活在一起,为了你即将消失隐没入我记忆的黑暗无意识而悲痛。但慢慢地我累积了我心灵悲痛的许多话,反复在我心里播放,为我流血的伤口医疗——分离或许不是最美的却是最善的。

光靠热情是不足以去爱的,这是我得到的最大教训。大一的我,大三的我,以至于现在的我,都不能使你获得生活的平安,我们的相爱虽美却对我们的生命有太大的残害,不是吗?

在狂爱里,被激发出一种关于彼此结合的绝美想象,这想象的愿望和热情如此强烈,而现实的曲折与顿挫却又如此繁复,使人毫无抵抗地变成一个畸形狂裂的完美主义者,对于任何破坏想象的日子或撕开爱情的裂缝,都会被放大到难以忍受的地步,我暗笑自己"除了分离外连一根针都忍受不起"。一度,再一度地,我们总要陷入难以控制的疯狂之中,仿佛我们被对方所唤起的这份爱本质是魔。

不要再相互靠近,毁灭不会终止的。在你的未来,我想告诉你:打破任何我让你产生的想象,努力去爱一个人,但不要过分爱一个人,适度地爱,也不能完全不爱,那种爱足够让你知道在现实里怎样做对他才是好的,那种爱足够让你有动力竭尽所能善待对方。即使你因而不爱我了,但没有关系,我希望你现在和未来活得好,那就是努力去爱别人,虽然我可能无法完全免于悲伤。

我已经下定决心要放弃永恒拥有美的潜在愿望了。我去看海,哭着告诉自己:"我不可能永远拥有一件美的东西,甚至记忆也不能,即使我再爱它。就是因为美有它的自然生命。如果我想永远拥有它,就会扼杀了它的美。"我决定将你从我心里放开,分离的仪式对美是必然的，美不能被永恒保存，只有放弃美转为善时，才会流进永恒里。

爱得愈深，悲悯愈深，知道对方跟你一样在受苦，毕竟生存里有绝大部分是丑陋和冷酷的疆域，唯有善能融化这片疆域。所以人与人之间所存在的永恒因子是一种属善的基本关系。"我希望你活得好"，这是超乎我们的热情和审美历程之上，更基本属善的对待方式。

一九九〇·七月十三日

水伶，今晚我搬进小凡的公寓，展开新生活。关于生活，"现实"是我的主题。如何引领我的感觉走出幻想进入现实，让我的真实感紧紧抓住现实这一界域，如何让我的思想和感情更专注地投入现实的材料。独自生病这半年期间，是我最接近现实也是最脱离现实的时候，我被狠狠冲击，"现实"和"精神"激烈交缠，使我深刻地体会到它们各自的属性和在生命里所扮演的角色。

我为自己对现实的渴望，以及过去精神长期所受于现实隔绝的痛苦而痛哭、悔恨、感动和振奋。真正濒临肉体毁灭边缘，却反而激发不愿结束此生的欲望，体验到想要回到现实里再活下去的强大呼喊，身体里流出"生是一种恩赐"的声音，洗涤了生这几年加诸我们折磨的罪恶，也净化了我与生之间毁灭性的仇恨。你看，我竟然能像怜惜阳光雨露般地怜惜自己微弱的生存，并激发出要"立尽此生"的原始生之欲！

3

经过那危险的一夜，我继续住在小凡的隔壁房间。她永远有做不完的工作，每天早晨她拖着疲惫的身体起床，打开我房门的一个小缝偷看我，在那一瞬间我总会实时睁开眼睛叫住她，她进来坐在我床边，两个人孩童般地玩闹着，我放几首起床歌 (如 Don Mclean 的 *American Pie* 或 Dan Fogelberg 的 *Leader of the Band*)，我折被，她泡牛奶顺便冲一杯咖啡给我，然后两个人坐在小餐桌前吃早餐。她看报纸，我就在旁边打岔，胡乱问她一些问题，由于工作需要，她得利用这时候看几份报纸，而我常故意说笑话让她不能看下去。

她大部分时间戴的是隐形眼镜，感觉上较庄重，距离较远，唯有早餐这段时间戴着一副厚重的框架眼镜，镜片可看到密密的一圈圈，看起来显得憨厚可爱，我最喜欢在这个时候逗得她哭笑不得，每当可以让她活在一个单纯的片刻，就使我有莫名的幸福感。

然后，她进房穿衣打扮，在打扮这方面她又像个淘气的大男孩非得作女性化装饰，虽然能熟练地装扮出妩媚的风韵，却又无所不用其极地调侃自己身上的装扮。有一次她穿着美丽的长裙在酒会上跟大老板跳舞时自己踩到裙子，她还一路大笑着回家，得意地告诉我。她的外在习性跟我一样大而化之，满不在乎，甚至较我更阳刚味。

这时候，我坐在我房间的地毯上静静地抽烟，等她走出房间，变成一个属于外面世界的女人。那一瞬间我和她之间在现实上的距离，就清楚地跳出来使我伤心。然后她悄悄地走出公寓，用几乎不敢被我瞧见的姿态，离开这个空间。

我一直用耳朵跟随她在房子里的任何动静，电话铃响的声音，她跟未婚夫约定见面的时间，她轻轻走路的脚步声，小心关上门的声音……一天又一天，我听着这关门声，仿佛每天就要历经一次与她的分离，她消失在一个与我无关，完全属于另一个男人的次元。

朦胧中，寤寐之间，钥匙插进门锁转动的声音，滴进我梦里唤醒我，我总是准确地知道她回家了。我是个专业的守门员，自她出门后的一整天，我处在昏沉的等待之中，除了少数非上不可的课，非出门不可的状况，我几乎大部分的时间都在家，停掉原先多彩多姿的社交活动，终止和几个男性错综暧昧的关系，什么事也不做，只是昏睡再昏睡，甚至看不进任何书。焦躁和亢奋使我在睡眠饱和的间隔大量书写日记，无论坐着走着躺着，我脑里不断涌现要和小凡说的话语，仿佛我心底分分秒秒在跟小凡说话，那些话量太多了，若不涂到日记上，我会被自己所生出的黏稠分泌物裹住动弹不得。体内制造分泌物的工厂，机器不停地生产产品，绝大部分的货都滞销，堆积再堆积进仓库，仓库快要爆破了。

长长的昏睡结束，钥匙声拯救了我，我挺直地清醒过来。爬到门边打开房间的门，从一条门缝里窥视她，很容易就能辨别出她今天的心情好坏，心情坏时她会一进门站在鞋柜前，朝我做个鬼脸之后微微苦笑，那是她卸下一天冲锋陷阵、精明能干的脸后，露出的最纯真表情，那个表情如同十几岁的小女孩一样惹人怜爱。小凡的脸很瘦，瘦到两颊几乎凹进去，当她像小女孩般无辜地笑，她的酒窝就如同菱角般露出，那时她是如此甜，以至于我忘了她是比我大五岁，即将踏入婚姻的女人，冲动地想将她拥入我的怀中。

其他时候，她还来不及换下衣服，就对着门缝里的我说起话来，她生动且流利地说着许多材料，说她如何对付她那迂腐可笑的上司，说她如何利用办公室没人的空当用三部电话同时和三个老朋友讲长途电话，说她如何快刀斩乱麻地处理那堆如山高的公文，说她中午时间如何无奈地被三姑六婆拖去美容院洗冤枉头，说她今天在酒吧里放了什么特别的音乐，遇见什么有趣的客人，甚至说那个从前的老板K如何又在酒吧耗一个晚上缠着她……

她滔滔不绝地说，边说边换衣服、准备消夜、整理房间，我热心且满足地听着，就只是听，然后也开始我的这一天。吃着她煮的东西，准备洗澡，有时我在浴室洗澡，她竟拿着椅子坐在门口，隔着门板巨细靡遗地讲一部电影的情节给我听，兴奋而忘情，我久一没反应她就顽皮地威胁着我，说要撬开浴室的门。听她讲电影是所有话题中最大的享受，不仅由于她精湛的口才，更由于她完全沉醉在她对电影的感情时，是唯一她专心到失去对自己的意识和对外界警觉戒备着的时候，那样的切面，我可以大胆又放心地观察她、体会她，将她的光华尽情地收摄进我体内。而她也唯有在这罕有的忘我切面，我感觉她仿佛是不受脑中绝望因子干扰的，于是我心中暂时轻了起来。

睡前的几个小时，她在房里平静地读着书，我则坐在客厅的桌前陪她读书，我房里放着抒情的音乐，偶尔她走出来坐在我旁边看我，直到她累了，熄掉房里的灯，上床睡觉，门还开着，正对我读书的位置，让我随时可以进去看她。她不容易入睡，隔许久站在房门口确定她入睡后，我才蹑足走进她房内为她拉好被子，凝视她一会儿，轻轻关上门退出，回自己房间准备入睡，或终夜坐在客厅阅读，踏实地守着她的睡眠。这样的夜晚，感觉像是一对最好的知己，或是情人。

然而，然而，我们例行的谈话永远跳过一个她生活中例行的环节，她永远拒绝主动跟我谈到他，仿佛他并不存在她生活里。她愈来愈刻意把我跟他分开，把她的生活切成隔绝的两个部分，这是她适应我加入后新混乱的方法。然而，当我在客厅里守着她入睡同时，可能另一个叫未婚夫的人也正在楼下守候，看着她房间窗口的灯熄灭后，发动摩托车引擎离去。然而，这些我和小凡都知道。

4

自从水伶对我招出 No 的手势后，我已不知道我要的是什么样的人间爱，我明白我要不动一个女人的，每次坠入爱情里的对象都构成不了我该去爱的条件，我总是不该爱她们。这样的自知，使我一点不敢期待从小凡那里得到什么，只想珍惜还能跟她在一起的时候，好好照顾她，我所仅剩最需要的就是能专注地去爱一个我所爱的人，而小凡刚好就在我旁边，这就是我被允许的唯一权利。像是从小凡身上窃取听"咔嚓"钥匙开门声的幸福。

或许，或许她是要爱我的，但她给我的是傲慢的爱。

她正是这样的人。对于亲密关系不再有渴望和想象力，且怀着强大的恐惧，她认为自己付不起代价且拒绝付这种代价。她全部的能量已用于承担另一项亲密关系的负担，因此她拒绝再承载同类的爱欲纠缠。她宁可不要这亲密关系附加的东西，就是要完全舍弃这些爱欲纠缠。似乎在她的经验里，人都会成为她摆脱不了的负担，人给她的爱也都成为无尽折磨的噩梦。所以，恐惧正是她爱欲的核心，她既拒绝别人给予她的爱，且将自己训练成一个不需要心灵亲密的人。

她在来不及防备的状况下被我侵入，虽然她迷惑混淆，却还是接受我给她情人的爱，接着她无法消化和安置我，只好采取消极的态度，消极地防备我更深地侵入她。最后逐渐错乱了，干脆不管我，随我如何待她，她只要对我麻木和一味抗拒就好。于是我们同住在一屋檐下，慢慢地发展出恶性循环的关系，即抗拒与抗拒的对垒。

她能允许给予我的全部内容，在控制我于一个理性而节制的轨道上爱她，防止我陷入对于她非理性的热情。她不要赤裸相拥的心灵亲密，她只要远远地看着我，并且确信我会一直在她身边就够了，她也是这般远远地观察我。因不得不的麻木，她常觉察不到我对她的需要，即使觉察到了，她也不会给予我直接的东西，而是给我旁边的东西留下一些线索让我追踪到她给的东西。更糟的是，有时她干脆给我相反的东西，于是我愈来愈没办法说出我对她的需要。这可说是她选择的，保护我的态度，像安全瓣般，保护我免于陷入更深受更大的伤害。

所以，明明我是如何渴望甘霖般地渴望被她爱，却愈来愈干枯贫瘠，对我而言，无论是她对待自己或爱我的方式，都太傲慢，太严格，以至于我要不起。

我无法中止自己继续给她爱，"不能伤害我内在的她"成为最高指令。必须死锁我对她的热情，监控我想亲近她的渴望，否则无法再待在她身边，这些东西再存在我们之间似乎是令彼此尴尬的恶。

我只要留下我的耳朵给她就好，这耳朵是要倾听她流出来的任何语言，以及接收她对我的任何召唤，只要她随时需要我，我就会立即跑去给予她。

为了某种无形更高的合作利益：我们都不愿失去对方，于是"扭曲"的无形合约被签下。有一股野蛮的信仰不知何时形成——我不相信她会真诚地愿意爱我，或心中有力量承担爱我这件事，这使我强烈地抗拒她。每当我软弱到最需要、最依赖她时，我愈要逃离她，否则我会被她摧毁。所以，如果有那么一刻，当我内在出了问题，不再能担当我原来平衡待她的角色，当我掉入深渊，想任意处置自己时，她会对我完全失去关联，我会完全不要她靠近。这就是扭曲，可怕的不信任。

重大的冲突终于爆发。

"我可不可以进来？"她倚在我房门边，试探着问。

"进来啊，我的门不是一直都为你打开吗？"我躺在床上，平静地说。

自从昨晚她一回家就锁在房里，什么也没说，任我如何敲门也没打开。由于有上一次的经验，我按捺住自己的焦虑，整夜打开门等着她自动来跟我说点什么，从她房间的门缝底下塞进一张便条纸：

"小凡，如果你今晚有重大情绪要发作，就发作吧。我只想说，没关系，一切都没关系好吗？这次我不会再因你把自己关起来而难过或挫折了，我明白这种时候你只能一个人处理自己的情绪，你说我一进去情绪就跑了的。虽然我无法给你足够的安全感，让你用裸露的心面对我，也许有一天会可以的，也许。我仍然不明白，在这个时候我该真的拥抱你，还是轻微地冷漠着，让出一个空间给你？

"先把我的感受为你准备在这里，怕我将要因喉痛而说不出话来。今晚剩下的时间我都在我的房间里陪着你，安心且温柔地等你来，我等着对你微笑。"

隔天是周日，早晨八点听到她打开门的声音，我等着，她并没走到我房门口，于是我走出去。她忙着在厨房煎蛋，煮开水，她表情一如往常，仿佛没发生任何事，只是有一层特别的冷漠在她脸上。我小心问她发生什么事，她马上毫不在乎地说没什么，跟我无关。又继续做自己的事。

我没再问什么，被巨石般无名的挫折打到，闷闷的后作用。退回自己的房间，开着门睡觉，一睡睡到天昏地暗，不知睡了十几个小时。

"你怎么睡这么久？"她坐在门边的地上问我。

"不知道，自然而然，大概是需要吧。"

"你知不知道你从来没在我在的时候，睡这么久过？每次我在的时候你昏睡，大概都是因为我。"她略带难过地说，脸上特别苍白、干净。

"是我自己的问题，你不要多想，在昏睡里我可以解决自己的问题啊。"

"什么问题？你是不是又在想要怎么对待我？"

"不，现在已经不是这个问题了。我根本不用'对待'你，我只要'对待'自己就好了。"

"你是不是又做了什么新的决定？我就是怕你这样。"她失望地说。

"我不可能做任何决定，要是我可以就好了。我根本离不开你，我自己也想待在你旁边照顾你，可是我得先管住自己，否则恐怕只会拖累你。"

"照顾？照顾？你只会想要怎么照顾我？我不要你当圣人。你总是不说出自己要什么，等着别人要什么再配合别人，然后自己干干的。我看着你一天比一天干，就在我面前晃来晃去，我真不知道该怎么对待你。"

"很痛苦吗？不然我不要在你面前晃来晃去好了，你不要再拉锯了。"

"这就是你的新决定吗？那我这一阵子是在干什么？就陪着你这样瞎搞？"她脸色大变，变得严肃而不可侵犯，掉头就走，大力关上她的房间。

我怔忡住了，脑袋一片模糊，"我伤害到她了"的意识尖锐地刺着我，隔不久，我就跌跌撞撞到她房门口，失去控制地擂门，哭喊着要她开门。

"小凡，你开门啊。我错了，我再也不会说这种话，你骂我好了，拜托开门啊！"

转开门锁的声音，我冲进去。小凡失魂落魄地坐在地上，脸上早已被泪水模糊，她仿佛没看着我，没听着我，眼神落在遥远的地方，眼珠的中央黑如炭，头发散乱。看到她这副模样把我震撼住了。我散裂的心智马上集中成强烈的一束意志，我明白这就是老天给我最好的惩罚。她性格里的坚强，我甚至只能以尊敬来谈它，若有那么一刹那她被打败了，完全松在那里，无论如何，光是那心疼她的感觉就足以使我粉碎，除非我已疯成一捆麻了。

"小凡，你听好，即使要痛苦至死，我也不会松开手了，我们要做一辈子的好朋友！"我用最大的力气抱住她。她稍微回过神来，摸摸我的头发。

"你真傻！我给你的东西都溅出来泼到地上了，我看着觉得浪费。"她有气无力地说，困难地微笑着。

"我要不起的，你给我的如果不是有毒的，就是我会自动把它打落在地上。如果我又开始有一点想要需要你、依赖你，还没等到你开口或你来给我什么，我就会被我内心的软弱先折磨个半死，然后满坑满谷的怨恨，就会排山倒海而来，那就什么都会没有了。

"我就是要杜绝自己需要你、依赖你，才能干干净净地待在你旁边，用你需要的方式给你什么东西，可是还是没有做得很好，偶尔还是会因为等待你来依赖我时，被你随便一个自然的冷漠眼神所击倒，非常微妙的，像在拳击场上，被一拳击飞出场外。"

"你要什么只要自己说就好啦！"她摸摸我的脸，心酸地说。

"我到现在才真正明白你从前所说'我要的你给不起'这句话的意思，不是你不肯给我，从前我说'只要让我照顾你就是最好报答我的方法'，我发现是你没办法给任何人，连这个最基本的都没办法，我要的根本是空的。"我锐利地看她一眼。

"我太明白，打死你都不会承认我是你的情人，你对世界的要求太高，你对爱情和情人的想象根本不是能企及的东西。你是如此骄傲，虽然你感觉不到，你只能爱比你更骄傲而能挫折你的人，但我刚好是相反的人，我只能用无限温柔，无限卑微的方式爱你，这绝非你所要的。我们给对方的东西就要这样永远错开。眼前，你或许需要我，却不可能明白我对你的意义。或许在遥远的某一天，你会突然全懂！"我一口气说完，无奈的表情闪过她脸庞。

"我也不知道怎么会这样，我本来可以不用这样对待你的！跟你住在一起，我全部的努力就在当'石壁'。我要逼着我自己麻木，逼着我自己拒绝你，否则你就会一直丢一直丢，我只要捡一些，你就会丢更多，我根本就还不起。

"我给你很多机会，这是我尽最大努力的一次，刚刚我多想现在就走，永远都不要再看到你，那是一种身体的反应，若是如此，我也会一并否定我从你这边得到的东西，一念之间，我想我不走了，再试看看能不能留住你这个人。"她叹口气说。

"谢谢，谢谢你！以后你就把我当作是大厦管理员好了。"我说。

"不，我不要你当大厦管理员！"她摇摇头。眼里含着柔情。

5

在这桩潜伏着悲惨的关系里,我和小凡凭着深彻的相知,彼此相濡以沫,勉强又撑了过来。然而逐渐恶化,情势急转直下。

一连一个礼拜,小凡的未婚夫研究所毕业,即将入伍服役,因兵役的事南下。这一个礼拜,小凡的心情明显地焦躁,唯恐以未婚夫怪诞悲观的性格,入伍后会发生意外。这个礼拜,她陷入一团特殊气流的情绪里。我明白因未婚夫入伍的事,她敏感的神经纤维又开始活跃起来,带动她朝向那个她早已掘好情绪的墓园。每天每天我观察着她,两个人仿佛隔着大地堑,她住在一个只有他的古堡里,不再把头伸出来看我,她也没有觉察到她呼吸着唯有他的气泡。我伤心且抑止伤心地躲开,只是盯住她。她也没觉察我的存在。

一个晚上,我等门等到半夜三点,她还没回来,这是绝无仅有的一次。我进入她的房间,打开临着马路的所有窗户,冷风飕飕,枯站几个小时,数着每一辆车的经过,间或四处打电话问她的朋友。忽然一辆四轮车停在窗户的正下方,我想她回来就好,在准备关上窗回房去,不小心再探头一看,车内隐隐约约两个人抱在一起,我看出是未婚夫回来了,可以感觉出两个人影长长相拥的激切和深情,我逼着自己一直看一直看……然后某种东西被剪断,血腥的一块掉落在地，我知道自己已经绷断了。我带着被铅块压住的心，平静地回房坐在书桌前，小凡上楼来，见我没动静，跑到我面前，略带歉疚地注视我，我努力维持平常的样子，她完全不知道我内心发生什么事。

在注视他们的那一刹那我很难让人明白发生什么残忍的事。那个男人虽是早已存在我的环境我的心里，他就是早已以那样的姿态与我和小凡的关系链接着，我也早已接受他在那个位置，我一点都没有要占有小凡。然而，当这个我所接受的事实，从摆在手边的状态，转而在此时此地"临幸"地击中我时，我的额头竟被劈中而裂开。从那刹那之后，我和小凡相关的这个世界，有别于前一刻世界的品质。每个此时此地，额头流出的脓是——我是白白地在牺牲，我在糟蹋自己成为一个奴隶。

我完全闭嘴，不再说什么争辩什么，只因那是仅属于我自己的脓，我知道。我继续住在小凡隔壁，每天看到她时努力对她微笑。那种感觉，像是每天都在海底走路，无声无息地吐着泡泡。只是数着败坏的日子，静静等待身体烂透那天的来临。

分分秒秒哭泣，在走路时，公交车上，跟别人讲话时，上课时，考试时，在房间里时，睡觉时，做梦时，在心底分分秒秒哭泣，没有任何人知道。胸腔随时都鸣着我特殊的哭泣声，只有我听得到。

这样整整哭了两个礼拜后，我不再哭了。照样正常生活，但已很少待在家，或待在家里碰到小凡了。

隔两个月，疯成麻乱的时刻来到。那正是我毕业典礼的前一天。

晚上我难得提早回到公寓，突然接到不知道什么人的电话，叫我快点到某家医院看小凡，说她急性肝炎发作，被同事送医急诊，说她一直念着要见我。

坐在出租车里，我既慌乱又有某种冷酷的镇静，像一把利剑藏在我的咽喉里，我想是与我残忍的命运对决的时候了，我下了个毒誓，如果这次我还是眷恋着她，那无论如何屈辱，我都要跟着她，直到死在她面前。

走进药味沉重、青色森冷的急诊部，我一眼就看到小凡，她躺在内科外边走道旁的临时病床上。看到我，她浮肿紫黑的眼眶立刻就爆出毫无顾忌的眼泪，她就在我眼前软成一摊泥，她哭泣就只是哭泣，无尽的眼泪从她体内的强劲帮浦推涌出来，她完全放开自己哭的样子，我当场告诉自己我要一辈子记住这个画面。

就是这个画面。它把我的生命推到有史以来最深的位置，天啊，我能怎么表达它？马塞尔说："瞬间的默观可以写成一本书"，它就是这样的默观。在我注视着这个女人崩溃那一瞬间，我完全被拖进她的生命里，我被迫跟她的命运纠合在一起，我崩溃在她的崩溃点里，我完全消失，可是有另一个东西在知道我跟她之间的这个融合，而不是我在知道。

随着崩溃来的是压垮，由于贴合到她悲伤的巨大，被她的悲伤压垮，由于渴望承担起她，与她一起，进入她那最深最深的，被我的渴望压垮。只有一个不止的震动在体内，爱在震动，渴望在震动，恨在震动，痛苦在震动，全部都旋在一起，钻到一个顶尖……我完全明白真正的小凡在我心里原本就是这个画面，如今，终于实现出来了。

我在这里，我被世界彻彻底底推出来，我撞到"残忍"的实体，我恍然明白，无论我心里是怎么样的人，无论我此刻如何呼喊着要和小凡融在一起，无论我正如何因渴望着爱她而被压垮，世界根本就不管我，不是由于现实条件或人与人无可奈何的对待。即使眼前这个女人亲口告诉我也没用。甚至没有"不公平"或"道德"的问题，因为世界根本就没有看到我。没有办法，在这个切点，世界就是露出这样的面貌来与我认识。对世界的恨到达最高潮，漠然的无关性生出，"残忍"是无关乎悲伤或哀愁的。全然解脱，只是更残忍就好。

"今天，我收到一封他的来信……我等待四年的事终于等到了……他从军队里寄来，说决定不娶我了……他已经让另一个女人怀孕五个月,也是我们的学妹……说他始终太穷又始终配不上我。"小凡紧紧抓住我的手,发鬓被泪濡湿,两颊凹陷进去,快速萎瘦不成人样,说到这里,她别过头去,"他是故意的,故意让别的女人怀孕……刚刚他妈来看我,说几个小时前他被送去军医院……枪支走火……一切都是故意的……"她又转过头来,把脸埋在我手里,"他还活着,你帮我去看看他好吗?"她抬起脸来,百分之百信任的眼神刺入我。

"我会去看他!只是,我等一下有事,可能要先走。"我别过脸说。

"你……不留下来吗?难道现在我所需要于你的……不正是你一直最希望我做到的吗?"她无辜虚弱地问我。擦干眼泪。

"小凡,你听我说。这件事很久了,我一直不敢告诉你。我不行了,有两个月了,我一直都在硬撑着。我能量耗光了,完全没办法再对你扮演以前的角色。愈来愈严重,我没办法开口跟你说我在想什么,我甚至没办法跟你待在同一个空间里,一开口我就想要对你大吼大叫,跟你在一起排山倒海对你的怨恨就冲出来。

"我不是这样的人,我不要这些恶的东西。爱应该是善的美好的,我没有办法挽救它,只有不爱了。我当机立断,这是我自己的问题,不是任何人的错。我要逃离你和你的悲剧,我烂坏了,你听到没有。就只是休息一阵子!"我平静地说出来,仿佛说的人不是我。

"我知道了。"她只说了这么一句话。整个身体背过去。就永远背过去了。

6

深夜十一点,楚狂来住处看我。他牵着脚踏车,我陪他在罗斯福路散步。

六月的台北市。午夜的大街,华丽残退,风韵犹存。几株木棉树,火红的树花又较昨日多开了几朵。水银灯下,木棉被照耀得璀璨,而似乎笑开了。这几株散在罗斯福路上的木棉儿,是我多么熟悉的,每年等着绽放第一朵橘红的木棉花,数着最后一丛树海又削枯成黑瘦的躯干。木棉树是我进大学的第一件信物,《木棉道》是我的学长学姊们在迎接我们这批新生时,所唱的第一支动人的歌,在黑暗的教室烛光中,我如今仍然可以看到许多怀念的面孔……

"你在看木棉树吗?"楚狂意味深长地问我。楚狂穿着白色宽筒牛仔裤,上面一件水蓝色短袖的衬衫,总是残留在他嘴边的胡楂也刮得异常干净。今晚他给我焕然一新的感觉,像是用漂白水漂过一般。楚狂的生活一直跌宕着戏剧性,他每次出现在我面前,总是给我他又到鬼门关前过了一关的感觉,每次都更换一种新表情新面貌,随着他所宣称的，其实我并不真正知道他过得好不好。

"楚狂，每次我搭公交车，在学校下车，看到第一棵木棉树开了，我就会很兴奋地在我心里跟我老情人说，你看！木棉花又开了！四年。"

"那我怎么办，从前有一天晚上，梦生就在学校门口那棵木棉树下大便，那五年来，我不是每次看到那棵木棉树，都要说，梦生，你看，那是你的大便！"

"楚狂，现在梦生呢？"我问他。我们坐在校门口。

"小妹，我就是特别来告诉你这件事的——梦生在我的世界里蒸发了。"他兴奋着说，脸上有红晕，"七年，就那么一瞬间，像开悟般，他就像衣服上的色渍，洗完之后完全蒸发了，干干净净。不知为什么，我就是觉得应该来告诉你一声，这件事才好像完满落幕。"他的语气由老成一下退回童真。

"我又不是见证人，但是楚狂，我真替你高兴。"我忍不住握一下他的手，"事情怎么发生的？"

"上个月，我骑脚踏车被一辆出租车撞到，腿的一个地方骨折，在医院打石膏，躺了一个礼拜，被撞到的那一个瞬间，我可以确定我是灵魂出窍，我在我的身体正上方看着我的身体，就在一分钟内，我这几年的人生，就放电影一样全部放一遍给我看，清清楚楚的……然后我再回到我的身体里，开始觉得痛那一刹那，我知道梦生已从我体内消失了。

"我打着石膏在医院，不能动地躺一个礼拜，把所有过去的事全拿出来检讨，得到一个结论——就是去爱。从来我总是爱一个怀疑一个，现在我有信心可以爱任何人。我发现'爱'就是我一直在寻找最基础的东西。"

"楚狂，那你相信'爱就是对那个人说你永远不死'这句话吗？"

"小妹，我感觉到你跟我一样受很多苦，"他把手放在我的头上，暖流流过，"我真希望我够大，可以给你一些启示。"他默想了一下，"我肯定现在的你不能说这句话。过去的我也不能，可是我相信现在的我能说这句话。"

"可是每当你选择去爱一个人之后，如何承诺能持续在这种选择状态内，并且拒绝其他更能满足的可能性？又当自己某阶段的内在结构要爆破时，如何让自己保有力量仍去维持那种关系的正常运作？"

"我现在脑里有一个图案，我可以用画的，但是我说不出来。"

他急切地在地上画一个奇怪的图案,"要有真爱的能力才可以。"他自言自语说着。

"你觉得你真正爱过吗?"我严肃地问。

"小妹,我现在正在真正地爱!"他眼睛晶亮起来,"这两年来,一直有一个十八岁的水手在追我,他还在读海洋学院,常常要出海跑船,我们断断续续地在一起,我一直没有真正看到他,因为梦生使我完全没办法爱。

"过去,我把这个小水手当成游戏,他陷得较深,常常因为嫉妒而跟我打架,我不甩他,他就去拈花惹草来气我。车祸后,我看到他了,在他那虚张声势的外表底下闪着真爱的光芒,原来是我使他的真诚蒙蔽的。

"现在我们一起住在淡水的一个木屋子里,一切分工合作。我跟他说从此以后玩真的啦,他若不要长大我马上掉头就走。我说只有两件事:平等和诚实,我了解你,你也要努力了解我,我也需要别人照顾;所有的事全部开诚布公,变心就变心,宁可打个半死,也不要隐瞒。就是这样,现在我觉得可以跟他生活很久很久。"我们又沿着新生南路走,他边走边说,黄色的水银灯使他的脸极柔和。

"楚狂,你们两个阳性的我不会冲突很大吗?"

"换另外一个,确实很难生活在一起。但是跟他在一起,我们同时是对方的男人跟女人啊!"他得意地说,很快地变换神色。"小妹,我这趟特地跑来,就是要告诉你一件事——我对你有很深的感觉:你不诚实。如果你不诚实面对自己的感觉,自己所需要的,那么你永远无法诚实地爱别人。"

"楚狂,你看交岔路上那栋大厦,现在所有的窗户都亮着,大一的时候,才只搬过来五户哩!"我转过身,朝向楚狂鞠一个九十度的弯腰礼,"楚狂,你的话我会记得,谢谢你这些日子以来对我的照顾,毕业后一切请多多保重。"楚狂骑上脚踏车,我目送他离去。

7

死亡经验 1

从某一方面来说,我已经死了。从少年时代留下来的那些气质:过分紧张,过分敏感,过分自我意识,以及高傲和理想,这一切都随着那次事件而消失了。好像我最后终于失去我的天真,虽然比一般人迟些。像每个年轻人一样,我也曾经目光摆得很高,充满我自己所不甚了解的热情和罪恶。

死亡经验 2

　　我不再认为我是不快乐的人了，相反地，我知道我有"困难的问题"，这就是一种乐观的方式了，因为问题总是有解答的，而不快乐，就像是坏天气那样，你是无能为力的。一旦我认为，这一切将得不到答案，甚至在死亡中也得不到，那么我就不太管我快不快乐了，"问题"以及"问题的问题"就不存在了。这也就是快乐的开始。

　　　　　　　　　　　　　　　　　　——摘自《自杀研究》

8

　　毕业典礼。没有一个人来参加我的毕业典礼。我在黑色礼服的人群间盲目穿梭，偌大的校园没有一个我想看见的人出现。我只是走着走着。并不知道自己要走去哪里，下午突然下起滂沱大雨，所有人都惊慌地散开，或是回家，或是躲进两旁建筑物底下。下一会儿雨，整条椰林大道都空下来，路面光滑美丽，没有人踏在天空下，清新的花草树木成为庆典的主角，我独自披着学士服走在椰林大道上，敞开胸怀任雨狂打在身上，几百只眼睛在建筑物里夹道注视我。直到天黑，我维持不动的姿势坐在校门口广场，一棵大王椰子树下淋雨，眼眶被雨冲得肿胀。

回到家，接到水伶一通特别的电话，她毕业离开学校整整一年。

"是我啦！"她的声音细小，微微颤抖。

"嗯！"我回答。

"我可不可以跟你说三分钟的话？"她胆小地问我。

"嗯！"

"我告诉你一个秘密哦……今天早上我发疯啰……早上爸爸妈妈还有奶奶他们都来叫我起床，可是我故意躺在床上不理他们，我才不要起床，我今天不上班……不要跟任何人说哦，我今天要去参加你的毕业典礼。嘻嘻，最后他们俩很生气，不管我就出门去了，只剩奶奶在家里……我偷偷爬起来换衣服，一直换一直换，可是我找不到一件最漂亮的衣服，我想要给你看我最漂亮的样子……突然电话声响了，'她'啊，打电话来，说我怎么还没去上班……我脑里转着要说我要来看你，可是不管我怎么用力，就是说不出来，我就突然失去控制，大叫'啊'……我把电话丢掉，又哭又叫，一直'啊……'很用力很用力，我不知道自己在干什么……后来奶奶跑进我的房间，抓住我，我还是一直叫，奶奶心脏病突然发作，就倒在地上，她说她要死了……

"我很害怕很害怕，拿药给她吃……然后一个警员来按铃，说邻居报案，我还装出很镇定的样子，把他送走……奶奶躺在地上，叫我快去看医生，我说我要等你来带我去医院……然后我就坐在电话机旁边，手一直不停拨你新的电话号码，拨了半个钟头都还是嘟嘟嘟的声音……你骗我，你说我要发疯前要打电话给你，你说你会在的……"

我把电话切掉。闭上眼睛。心里只有一个愿望——赶快找到梦生。

梦生。有人跟我说最近常常看到他晚上睡在学校后门的一个废弃的警卫室里。整个晚上，我骑着脚踏车在校园里搜索他的踪影。当我找到他时，他在后门附近一座赭红色大楼门口，缩在一个公共电话的角落，正在注射毒品。

他变成我在医院所看到的，一个标准的吸毒鬼的样子，两眼凹黑，眼神浑浊，仿佛没有焦距，还有一些细微的血丝布满眼眶，脸上的肉似乎都被啃掉。穿着一件皱巴巴的短裤，脚上趿一双沾着泥土、踩成拖鞋的破布鞋，一件灰色外套包住他的身体，拉链没拉，里面裸露着，胸前包扎着厚厚的几圈绷带。

我抓过他的左手来看，沿着他的几条血管，有密密麻麻注射针孔的细洞，像刺青。我退了几步，蹲在地上，点起一根烟，享受地吸着，很宁静。

"恭喜啦，毕业证书骗到手啦！我嘛，早就被退学了。"他咯咯地笑了起来，非常夸张，"怎么？现在看到我这副孬种的样子，有何感想？是不是在说，真是个懦弱的男人，用这种三岁小孩才玩的低级方法！"他更厉害地笑，身体承受不住地咳嗽。

"你闭嘴啦！"我用严厉的目光扫射他，他悻悻然伸过手来摸烟，"你胸口的伤怎么回事？你老实说哦，我可不是来跟你鬼扯淡的。"

"那你来干什么的？"他嘲讽地说，"这个啊，就上个礼拜被楚狂从正面捅了一刀，他妈的，那把美丽的匕首还是我送给他的……捅也不捅准点，要干医生的人技术那么差，顺便送我上西天，省得大家麻烦……被送进医院，操的，又把我救回来，你看吧，祸害遗千年嘛！"他的笑声震动整个建筑物，"要我死，可以；要叫大爷我乖乖地在死人窝里躺个几天可没那么容易，于是，聪明的我就逃出来啦……然后，我恶魔的新娘，就收到电报，来这里帮我收尸了。"

"你胡说，昨晚楚狂还来找我，说他最近发生车祸，你已经在他心里蒸发掉了，他现在过着幸福的新生活。我亲眼看见的，他现在已经完全变了一个人。"我愤怒地说。

梦生暧昧地笑着，久久没回答。"他根本不用变，他体内本来就有很多个楚狂，过去你之所以能跟一个大致稳固的楚狂交往，那是因为那时候还有一个最大的楚狂，可以在需要的时候，集中起来跟人正常交往。最近一年，他已经停止去看他的精神医师，慢慢地，七拉八扯，各个楚狂间重新划分势力范围，现在已经没有哪一个是比较大的，他随时都可能换一个频道讲话……"

他像在讲个趣闻般地。"我一直都熟悉他的演化，觉得他最近这样也没什么不好，这样他就不用辛辛苦苦用一支主力部队南征北讨的，反正每一部分的他都可以出来透透气，大家轮流当王嘛……他走向这种模式，反而可以活得比我们久……倒是只有我可以跟各个他相处，我还觉得蛮有趣的。"我哑然。

"梦生，你现在还愿意像四年前邀请我一样，跟我一起去死吗？"

"我的新娘啊，我现在不要了。我也很想，可是我没办法。四年前，我完全不爱你，四年后，有一半阳灵的我会爱你，一半阴灵的我会爱楚狂，哈哈，可是我什么人也爱不成，因为在脑子里一个不同的部位，很后面的地方，我又把自己统整起来卖给'女神'的幽灵，好玩吧！像不像计算机程序？"他闭上眼睛，像在想象他脑子的地图，"再说，现在死亡对我不一样了，我功力较从前又更高，真正的死亡是在生跟死都一样的，我不需要去寻求它，那整座山会自己压到我背上，我静静等待，不需特别做什么，只要让它去就好了。"

"梦生，可是像这样世界分分秒秒在破碎，爱在破碎，希望在破碎，信念在破碎，像站在一个火山口，我所爱的人一个个掉进火山里，身上每个细胞仿佛都在起火燃烧，痛苦的意识把一秒钟延长成无限，'毁灭的时刻到了'的声音在踢打着我的脑袋，难道你不也是这样吗？现在我脑里全部的想法都是把我带到毁灭上去的，没有说'停'或'向后转'的间隙了，我完全没办法把自己带回来。可是你说，不需要去寻求死亡，那要如何忍受这一秒钟呢？"

"你只需把'我'吐出来！"他站起来，倚在墙边剧烈地呕吐。

我跑开，跳下台阶，站在广场上，仰天大叫"啊"——直到嗓子沙哑。

"梦生，你真的要死掉了！"隔着十公尺，我对他嚷吼，喉咙里自动发出哀哀的声音，可是没有泪水，"你比我还可怜，为什么你不让自己去爱点什么呢？你为什么从来不要把自己完全丢出去，去跟一个什么东西真正发生关联呢？

"你只会站在远处看着自己搞出来的笑话。你有没有想过，或许'女神'也在她心里爱着你，或许她不来爱你正是一种爱你的方式？"我嘶哑着喊叫，喉咙里发出咕噜的怪声。

"你住嘴啊……不要再说了……一切都没有用……"他双手抱住头,激烈地摇晃。

"你并不懦弱,你有一百个地方勇敢,只有一个地方懦弱,就是爱。在我们的痛苦都还没有到一个彻底的点之前,或许这个世界是全然虚无的,但有一些微不足道的东西就在我们眼前,就一直在那里,而你就是不肯承认。

"你有没有想过,楚狂是多么需要你的爱,无论你给他的是哪一种爱,即使你随便动动你的一根手指头,对他都是很有价值的。这一切的逃避与否定,如果我猜得没错,你其实是怕真正被爱……"梦生尖声喊叫,嘴里恶毒地诅咒我,头难以停止地撞着蓝色电话。

我从梦生的口袋里掏出一百块,跑向后门。后门锁着,我天旋地转地攀上砖墙,在跨过嵌着破玻璃的墙顶时,割破手掌。我骑在围墙上,刚好是满月时分。这时我想起楚浮《四百击》里,小男孩从监狱逃向大海时,那最后一幕脸部特写的表情。

定格。

9

"鳄鱼月"的最后一天。从中午开始,台视的电视画面就连续地在边缘打出一行特讯的字："本台独家收到第一名鳄鱼寄来的写真录像带，特于晚间七点的台视新闻播放，敬请密切注意。"

七点一到，家家户户都守在电视机前面，"中视"跟"华视"干脆播放卡通影片。

播报员宣布开始播放录像带后，影片打出片名"鳄鱼的遗言"。接着一个戴着白色纸套的头，震动着闪进画面，叫鳄鱼快点准备好（旁白：这是导演，他的名字叫贾曼），白色纸套闪出画面，戴着白色手套的一只小指头仍然挡住画面的一小角（旁白：按摄影机时没按好）。一个人端着尿桶爬上楼梯的背影，门关上。

画面跳到海边，一个很大的木澡盆漂在沙滩边的浅海处，一个人屈着身体躺在澡盆里，戴白色头套，身体密密包着白色罩袍，澡盆的边缘有些圆孔，插着一圈花（旁白：本片部分抄袭自电影《花园》）。接着一个人坐在马桶上出现，站起来脱掉一层紧身衣，开始说话，镜头在堆满货物的地下室巡梭。

"嗨！你们好吗？我就是鳄鱼，我大概是唯一一只真正的鳄鱼吧。我等这一天等得好辛苦哦！你们为了找我，那么热心，真不好意思，我好……好喜欢你们。

"刚开始时我就是为了想在这里跟大家说话，有一个综艺节目出了一个谜题要摸奖,问'友情'是什么,结果我写了一百个'友情'的明信片去,他们还是没有抽中我。后来,我就打电话去《中国时报》密报,说发现'鳄鱼'。大家怎么就这么热情,我只好一直忍耐,到处躲起来,怕扫大家的兴,可是我好幸福哟!

"这就是我自己缝的紧身衣,因为我的皮肤从小就绿绿的,妈妈说会吓到小孩,可是也不是红色的啊。还有我的牙齿受过伤,变成尖尖的,所以戴牙套。就没有别的啦。妈呀!我可不是卵生的,不然我表演给你们看……(画面突然被切掉)……是不是我消失了,大家就会继续喜欢我。妈呀!已经不能吃泡芙了,还要像'惹内'一样住在监狱里……对了,我想点播《鳄鱼之歌》,可以吗?"

画面再跳到海边。鳄鱼坐在木盆里,澡盆边缘插着火炬,一直都停在画面的小指头突然推向澡盆,澡盆缓缓漂向深海,突然整个盆都起火,镜头逐渐向前移近,屏幕上一片火海……

旁白:贾曼说:"我无话可说……祝你们幸福快乐!"

附录

我的盲点
——邱妙津简体版作品集·序

蒋勋

在文学的阅读上我有我的盲点。

知道是"盲点",却不愿意改,这是我近于病态的执着或耽溺吧。

年轻的时候,迷恋某些叛逆、颠覆、不遵守世俗羁绊的创作者,耽溺迷恋流浪、忧愁、短促早夭的生命形式。

他们创作着,用文字写诗,用色彩画画,用声音作曲,用身体舞蹈,然而,我看到的,更毋宁是他们的血或泪,是他们全部生命的呕心沥血。

伊冈·席勒(Egon Schiele)的画,尺幅不大,油画作品也不多,常常是在素描纸上,用冷冷的线,勾画出锐利冷峭的人体轮廓。一点点淡彩,紫或红,都像血斑,蓝灰的抑郁是挥之不去的鬼魅的阴影。

席勒的画里是眼睛张得很大的惊恐的男女,裸体拥抱着,仿佛在世界毁灭的瞬间,寻找彼此身体最后一点体温。

然而,他们平日是无法相爱的。

席勒画里的裸体是自己,是他妹妹,是未成年的少女,瘦削、苍白、没有血色的肉体,褴褛破烂,像是丢在垃圾堆里废弃的玩偶,只剩下叫作"灵魂"的东西,空洞荒凉地看着人间。

人间能够了解他吗?

北京火红的绘画市场能了解席勒吗?

上海光鲜亮丽的艺术家们对席勒会屑于一顾吗?

或许,还是把席勒留给上一个世纪初维也纳的孤独与颓废吧。

他没有活过三十岁,荒凉地看着一战,一战结束,他也结束郁郁不得志的一生。

他曾经被控诉,在法庭上要为自己被控告的"败德""淫猥"辩护。

然而他是无言的,他的答辩只是他的死亡,以及一个世纪以来使无数孤独者热泪盈眶的他的画作吧。

邱妙津也是无言的。

我刚从欧洲回台湾,在一次文学评审作品中读到《鳄鱼手记》,从躺在床上看,到忽然正襟危坐,仿佛看到席勒,鬼魂一样,站在我面前。

我所知道的邱妙津这么少,彰化女中,北一女,台大心理系,巴黎大学博士候选,这些一点意义也没有的学历。

我所知道的第二个有关邱妙津的讯息就是她的持刀"自杀"了。

我们可以用"死亡"去答辩这个荒谬的世界吗?

于是,我读到了《蒙马特遗书》。

台湾战后少数让我掩面哭泣的一本书。

邱妙津的《蒙马特遗书》看起来不像是文学创作。有人告诉我——《蒙马特遗书》是邱妙津自戕后朋友整理的她的信件。我并不确定：她有没有意图这些信件有一天会被阅读。

沙特（J.-P. Sartre）在介绍《繁花圣母》的作者惹内（Jean Genet）时特别强调了文学的"非阅读动机"。

惹内是弃儿，是街头男妓，是小偷扒手，是罪犯，当他关进监狱，在天长地久的牢房里，他开始书写，写在密密麻麻的小纸片上，数十万字，然后，被狱卒发现了，一把火烧了，他无所谓，继续书写。

创作到了没有阅读者，诗没有人看，画没有人看，你还会创作吗？

十三亿人口的中国，没有人懂你，你愿意多懂一点自己吗？

惹内的文字流传出监狱，引起法国上个世纪最大的"文学"震撼。

文学不是为了"文学"的动机。

文学永远是你自己生命一个人的独白。

邱妙津的《蒙马特遗书》书写她的独白，她在最孤独的世界里摸索一个女性身体的私密记录。

我还没有看过华文的女性书写里有如此坦白真实赤裸裸的器官书写，女性书写的器官，当然不应该只是看得见的眼睛鼻子，也更应该是身体被数千年"文化"掩盖禁锢着的乳房或性器官吧。

那是邱妙津使我正襟危坐的原因，那也是邱妙津使我心里忽然痛起来的原因。

我知道这个生命是席勒的幽魂又来了，这次它要用华文书写。

巴黎的街头常常有寒波（Rimbaud）十八岁刚到巴黎的一张照片，

清癯忧愁少年男子，像做着醒不来的梦。

他写诗，像李白初到长安，几首诗，震惊巴黎，大诗人魏尔仑（Verlaine），老婆儿女都不要了，疯狂热恋起寒波。

那是上上一世纪末伟大的"败德"事件。

他们"败德"，却绝不媚俗。

叛逆、颠覆、不受世俗价值羁绊，"La vie est ailleus——"

寒波照片制作的海报上写着这诗句——"生命还有其他——"

这句话已经是今天欧洲青年的格言了。

生活在他方，可以出走，可以流浪远方，可以不写诗，可以——不是这样活着。

寒波不写诗了，在整个文坛称他为"天才"时，他出走了。做了水手，四处流浪，买卖军火，颓废落魄死于异乡。

有比"写诗"更迷人的生活吗？

寒波苦笑着，或许，邱妙津也苦笑着。

邱妙津的"作品"，或许并不是"遗书"，而是"死亡"。

我不十分相信《蒙马特遗书》会在华文的世界有广大的阅读，但是——有你，就够了。

你可以死亡，却永远不要衰老。

二〇一一年十二月十四日
于八里淡水河边

时光踯躅

骆以军

一个试图构造自我的人是在扮演造物者,这是一个观点:他违反自然,是个渎神者,令人厌恶到极点的人。从另外一个角度,你可以看出他的悲情,他奋斗过程、冒险意愿中的英雄精神:不是所有的突变者都能够存活,或者从社会政治的角度来看:大部分移民都学会、也能够变化成伪装。我们自身以虚假的陈述来反制外人为我们捏造的假象,为了安全理由而隐藏我们秘密的自我。

——鲁西迪《魔鬼诗篇》

当我再看一眼他房里的情形时,我的眼珠就好似玻璃珠球做成的假眼一般失去了动的能力,我呆呆地站在那儿,眼看着一道黑光像疾风扫过般横过我面前,我想我又做错了。我可以感觉这一道黑光穿过了我的未来,在这一瞬间笼罩着我面前的生涯,我禁不住开始发抖。

——夏目漱石《心镜》

邱妙津于一九九五年在巴黎的留学生宿舍自杀，使用非常激烈的方式，到了一九九六年，她的遗书《蒙马特遗书》出版。我很难向大陆这边的读者重建、描述这本书对台湾那一整代文学青年的重大影响。那像是深海下面一座火山的爆发且瞬间将自己吞噬进一个既塌缩（因为死亡的将绝对时间吞噬而去），却又暴涨的宇宙（透过这本应在决定自死之前一段时间，以一封一封体例严谨分章节的"遗书体"，像巴洛克音乐赋格展示一个青年艺术家关于爱、艺术、伤害、纯粹或是对创作的意志之星空描图……）。那出自一个二十六岁，挟带了九〇年代台湾文学菁英（她且较同辈早慧）的"现代艺术文学之创作（而非改良）刍议"。

一本始终在"遗书／小说"之暧昧边界被阅读，然其实其想象、描绘这个带给"我"至福、玷辱、美感、憧憬或暴力的世界缩图或常借喻小说：尽可能的西方二十世纪现代主义小说经典或日本战后小说；存在主义；两次欧战造成的文明崩坏、恐怖地狱场景；一种时间的压缩、爆炸；乃至文体的高蹈、激烈扭曲、追求极限光焰……背后却难以回到古典时光的和谐、秩序、教养。有一些或当时台北这些年轻创作者知其然不知其所以然的共享书单与关键词：卡夫卡的《城堡》、卡谬的《异乡人》与《薛西弗斯的神话》、福克纳的《声音与愤怒》、莒哈丝、尼采、齐克果、海德格、弗罗伊德……昆德拉的《生命中不能承受之轻》、拉丁美洲魔幻小说家群（略萨、马奎斯、鲁佛、卡洛斯·富恩特斯）；日本小说家则是似乎大家熟悉的川端、三岛（尤其是"焚烧的金阁"）、太宰治、安部公房、某些内向世代小说，乃至其时刚译介到台湾的村上春树《挪威的森林》……电影则如她书上激昂提出的：法国新浪潮电影如楚浮、高达、雷奈这些名字；博格曼、小津安二郎、布列松、塔科夫斯基、齐士劳斯基，或她钟爱的希腊导演安哲罗浦洛斯……

另一个意义，因为她女同志（拉子，Lesbian）的身份，在台湾九〇年代刚解严身份认同从潘多拉盒子般禁锢、压抑的白色恐怖（同时型构一个"安全、去异存同的想象群体"）释放出来，同志运动、论述与社群方兴未艾，她等于是第一本宣示其拉子身份但以如此决绝激烈的形式，毁坏自我的生命，却喷吐出那样曝光爆闪后停格的一张二十六岁画像。一部像金阁那样繁华瑰丽妖幻如梦的建筑，却"必须"放把大火烧掉它。

很难向此间的作者说明：《蒙马特遗书》在台湾，几乎已是女同志人人必读的经典，甚至可能几个世代（至今二十年了）拉子圈的"圣经"。也许可以说，它是像一辆被现代性高速车祸压挤、扭曲、金属车壳焊裂、玻璃碎洒、龙骨在烈焰焚烧后仍显现强勒结构的，女同志版的《少年维特的烦恼》，但我们这样比拟之时，其实是目睹一"将现代性精神之景致嵌进车子里"（纳博可夫语）的现代跑车——仪表板刻度和车顶钣金倒映着二十世纪人类文明已将人类自己惊吓战栗的集中营、大屠杀、荒原、废墟、自我怪物化、荒谬、梦的解析甚至媚俗——那样在我们眼前撞进一"黄金誓盟""爱的高贵与纯粹""一个美好的成人生活",剧烈爆炸,车毁人亡。

如今我已四十五岁,距我和邱妙津相识,或我们那么年轻(而两眼发光、头顶长角),几次争辩但又同侪友好,脚朝上跻想象可以、"应该"写出怎样怎样的小说,已经二十年了。我仍在不同时期,遇见那些小我五岁、十岁、十五岁、二十岁的拉子(通常是一些像她,有着黄金灵魂,却为自己的爱欲认同而痛苦的T们),仍和我虔诚地谈论邱妙津,谈论《蒙马特遗书》,我感觉她已成为台湾女同志"拉子共和国"、某张隐秘时光货币上的一幅肖像。《蒙马特遗书》已不只是邱妙津自己的创作资产,它像《红楼梦》、莎翁的戏剧,成为台湾拉子世界那极域之梦,浓缩隐喻——像赫拉巴尔的《过于喧嚣的孤独》将一整座城市的文明、辉煌、羞辱、记忆、错乱的认同,全打压挤成地底一位"打包废书工"的呓语之中——她们在主流异性恋社会中的"他人眼神建构之怪物化";在爱情关系的另一星球重力里孤独承受的被背叛、遗弃、玷辱;她们如何重绘自己的"黄金之爱"、疯狂、常比一般人更艰难去实践的"天使热爱的生活"……

这部分我无资格多说,事实上我在二〇〇一年以邱妙津自杀为对象,意图展开"小说之于自杀之黑洞的辩证"的作品《遗悲怀》,在当时激怒台湾许多女同志社群。即因我作为现实里"正常世界"的男异性恋者,我想撬开那遗书裹胁,将所有生之意义吞噬而去的死亡锁柜。

有一次和梁文道先生聊到"中国小说中的'青年性'",我如同梦游般地在脑中穿过那些鲁迅酒楼上、张爱玲黯黑大宅里（充满老妈妈们耳语的，影影幢幢，家族如今猥亵破败的昔日荣光，鸦片膏或堂子继母身上的腻香）、沈从文的河流运镜，或郁达夫的性的南方郁疾……我说：我感觉中国小说里没有"青年的形象"；只有老人和小孩、特别是小孩，全是一些把头埋在自己怀里，蜷缩成一团的，卵壳里的"少年"（或"孩童"）形象，还来不及孵化便孱弱地死了。

梁文道君指出我这印象派式的谬误，他举证了许多共和国经典小说的"青年形象"，譬如伤痕文学及寻根派里那些青年。

小孩。侏儒。恶童或痴儿。（譬如莫言的《蛙》和《生死疲劳》这样的时空巨幅展演"流浪汉传奇"，如葛拉斯的《铁皮鼓》、格里美尔斯豪森的《痴儿西木传》、鲁西迪的《最后一个摩西人》、哈谢克的《好兵帅克历险记》、匈牙利女作家雅哥塔·克里斯托弗的《恶童三部曲》。）一种灵魂尚未完全坐落进整幅"某个时代全景疯狂"的成人群体中的孩童观看之眼。

其实我想到的是，在台湾，非常迷惑的，回首才发现的，九〇年代，我同辈一整批的创作同伴。譬如邱妙津（她的第一本小说是近乎习作的《鬼的狂欢》），或是几年后走上自死之路的袁哲生与黄国峻。

袁哲生的成名作包括《送行》（在火车到达月台时车厢内几组人物的并不形成"故事"必然性的近乎炭笔素描）、《秀才的手表》。黄国峻（黄春明先生的二公子），则是像法国新小说，一个房间密室里空镜头的堆栈书柜、窗帘或玻璃的光彩稀薄的人物的回忆碎片。一种黏着在客物上的忧恒、尖叫前的寂静而非任何叙事者的心理分析式陈述。

或是香港董启章的《安卓珍尼》(他是在台湾的文学奖夺奖而引起注视),叙事声音的阴性性别乃至人格分裂,背景延展一种人类历史已远离的"物种起源"的异质、淡漠"女孩脱离父系秩序(社会伦理的性别暴力)漂浮成独立的阴性文明史"。赖香吟的《雾中风景》,受创的画面,安哲罗浦洛斯式的,人在其中何其渺小的孤寂荒原。最后一个说话者,或是马华小说代表人物黄锦树的《鱼骸》(其实他要到几年后的《刻背》这部骇人的小说才真正处理,"一部离散的南方华人流浪者之歌:文体即魂体",一如犹太人上千年的意第绪秘传怪诞,要求后辈记得的"时间意义上已灭族",无文学史可框格摆放的,背了太多代故事的少年)。

或是我在二十五六岁间的处女作《手枪王》里的一些被贴上"后设小说"的、面目模糊、流离失所、断肢残骸的变态少年。

还有成英姝的《公主彻夜未眠》,里头那些在不同短篇章节,如在一个共同梦境迷宫不同房间各自游晃,偶遇时不知前头什么事已发生过的贝克特式人物。或是颜忠贤的《老天使俱乐部》,不是《哈札尔辞典》体,不是昆德拉的"误解小辞典",而是像编纂一本虚空中不存在的"老天使学"(在还没有日本动漫《火影忍者》的年代之前),他使用这样像一本一人杂志不同作者(建筑师、伪电影导演、伪诗人、伪记者……）以唐卡形式层层编织这样一本"老天使们的前传"。

那于我是一个，同伴们（大约都二十六、二十七、二十八岁）如整群白鸟在一种对小说冒险充满远眺激情的于蓝天飞翔的整幅记忆画面。我们后来被称为"内向世代"。似乎这批台湾六〇后的年轻小说家群，在政治解严、文化的现实位标因媒体开放，因汹涌窜出的专家语言而立体纵深。年轻的小说家们已到了台湾现代小说语言实验的第三代了（在我们前代的张大春、朱天文、朱天心、李永平、张贵兴、李渝、舞鹤……），他们的作品，似乎已将中文现代主义的语言实验推到一个成熟且贪婪连接上卡尔维诺、波赫士、艾可……这些如万花筒如迷宫，小说如连接世界不同语境之观看方法论的"大航海时代"，你可以透过小说的虚构、赋格、飞行设计图或类似一座大教堂的繁丽建筑……你可以出航到人类心灵海洋的任何百慕达，捕捞任何一迷踪、裹胁了神秘、失落存在意义的白鲸。

问题是，回头观看当时的我们，这批处于九〇年代台湾六〇后的年轻小说家群，你会发现，他们动员了更精微的显影术，更微物之神的静室里的时光踟蹰、更敏感的纤毛和触须……却都像是如此专注却又无能为力地想探勘"我是谁"——那个大历史图卷已无法激起说故事热情；"我"，像被摘掉耳朵半规管的医学院实验课的鸽子。那样的自画像，通常已是一张残缺的脸。

这是我在时移事往，二十年后，邱妙津的《蒙马特遗书》在北京出版,我想提醒此间读者的。它并非一本孤立之书,或仅仅再复制一次"女同志的少年维特的烦恼"。

我非常恐惧那样如极限光焰将一切黯灭的黑暗般,全吞噬进一"遗书"(遗体)的诗语言的辉煌和表面上的惊骇与肃穆。事实上,从邱妙津开始,到黄国峻、到袁哲生……像一只一只同伴白鸟的陨灭,他们以自杀裹胁而去的巨大冰冷、空无之感,在事件刚发生如此贴近的我那一辈刚要跨过三十岁,将小说作为辩证世界、其命运交织、杂驳无限本质的"方法论"(卡尔维诺所言),他们确实强迫我们将正活着(且其实才刚要进入创作上稍微能理解、掌握的时期)的时光,全歪斜、死灰成"余生"。那似乎取消了你必须像赤足踩入黑夜水池哆嗦感受其寒冷地,卑微地活着,继续在时光的长河中观察其时黄金誓盟之爱如何腐蚀;持续的衰老,进入一种社会网络的男女关系、经济关系,或慢速一如卡夫卡城堡的医疗体系的死生关系。那似乎取消了(作为一个小说家)你必须有足够时间展辐以理解、观看,才得以百感交集体会的"全景幻灯":文明如何堕坏、人类存在处境有时可以流放在怎样野蛮不幸之境;或如库切的《屈辱》或纳博可夫,那极限光焰,光黯灭前必须去交换的,时光烂叶堆中,你屈辱活着的时光。

也许,这样的一本遗书,它或如顾城(《英儿》),或是三岛,是某个辉煌心智激情,如一座以将之存有消灭为交换,使之强光爆闪(我们脑额叶中永远的印记?)的"宇宙精神之预言"(譬如火烧金阁)那样永远放逐时光之外的坛城?

时隔近二十年,我重读《蒙马特遗书》,还是每一小章皆无法卒读,巨大悲伤充满胸臆。我还是不断为她那私密(但其实是作为一"预知死亡纪事"的,如太宰治《人间失格》,如齐克果《诱惑者日记》,有一想象性"小说读者"如你我的"遗书"——它不是一严格要求烧毁,而是在一死之换日线的默许下将被出版的创作)的冥想、"命运之奥秘",关于"灵魂"、关于"被爱欲"、关于"玷污"、关于"背叛"……我仍旧在掩卷之余,心绪翻涌,脑海和虚空中的,似乎永恒停在二十六岁的这位作者,进行一种死神笔记本式、误解小辞典式、赫拉克利特河床式的喃喃自语辩证……

《蒙马特遗书》确实像一枚被这位有着灵魂核子当量的女同作家封印如 Inception(《盗梦空间》)或《源代码》这两部借用量子宇宙(或波赫士擅长的《环墟》或《歧路花园》)那样一颗"微型黑洞炸弹"(刘慈欣科幻小说中的发明):你一开启它,无论你处在怎样的真实语境里(一九九六年的台北,或二〇一二年的北京,或你是不是拉子?或你置身在跟书中世界何其遥远的共和国话语、微博话语),它都能逼使你原本立身其中的这无比真实的世界,被她的黄金纯粹的这样"爱"的高贵绝望铭刻字句(或朝向这种高贵天空之城、踮起脚尖、扑打翅翼、渴欲升空的姿势),将你的真实时间液化、整片萎白死灰,成为丑瘪皮囊,成为飓风中整条街皆粉碎的马康多镇。那似乎像一不断重返"死亡之前最后时刻"的回路。你不断重新鉴视、查看那死亡密室的"箱里的造景","到底怎么回事?"坏毁的脸是在怎样的"爱的强大描述之光照"下,一笔一笔刷上阴影?那将使我们合上书后,恐惧、哆嗦、心脏宛如宇宙瞬爆,哀悯、净化,甚至羞愧。不是为多年前她早已发生的这个"自杀—遗书"的陨灭与存有的白银坛城,而是为我们没有对抗虚无、对抗媚俗,不愿意在屈辱和剥夺后相信自己是不该被羞辱和剥夺的,在浑浑噩噩的时光泥河中这样继续活着。

刹那时光

陈雪

一九九五年六月那一日，是台湾常见的燠热潮湿夏日，我睡得迟醒得晚，梦中接到台北朋友的电话，告知我台湾作家邱妙津二十五日在法国巴黎自杀。挂上电话，如梦未醒，又躲回被窝，却冷得发抖，我起身，在屋里乱转，我想打电话给谁，但没有对象可以诉说这事于我的震撼，我也没弄懂自己被什么撼动了，二十五岁的我，二十六岁的她，素未谋面，一个在台湾，一个在法国，且已处在生与死的两端，毫无联系。

我与邱妙津不认识，只因为某个朋友重叠而提早得知这消息，当时她于我只是一个年龄相近却比我早慧许多的作家，并不知道她自杀的种种因由。我正在准备自己第一本小说的出版事宜，才刚踏入台湾文坛与同志圈，初接触"同志""酷儿""性别运动"，彩虹旗帜飘飘，天上翻飞的都是名词。

邱妙津生前勤于创作，著作却在死后才引起广泛讨论，但她是早熟的天才型作家，在台大求学期间已经头角峥嵘，一九九一年出版第一本短篇小说集《鬼的狂欢》，她拍短片，写剧本，寻求一切创作可能，一九九四年出版后来被当作女同志文学经典的《鳄鱼手记》，她大我一岁，我们都是双子座，她先我后生日差别不到十日。但我没见过她，我的脚步总是慢了一点，她自杀那年九月我才出版第一本小说集《恶女书》，因为小说内容涉及女女情欲，书籍被封上胶膜，贴着"十八岁以下禁止阅读"的警语贴纸，一出版就引发争议，我因此结识许多当时台湾最前卫、聪敏、优秀的性别运动者、学者、作家、艺术家，一脚跨进"同志"的世界，进入了"运动现场"。

一九九六年五月，邱妙津的遗作《蒙马特遗书》出版，长期高居书店畅销排行榜前几名，那时无论在同志圈或文学界，她已是传奇人物。从第一本小说到后来陆续出版的作品，她最常见的照片，可能拍摄于就读台湾大学时期，小麦肤色发亮，一双滴溜眼睛灵动，穿着牛仔外套，小男孩似的神情。《蒙马特遗书》初次问世的封面上有着她略微左侧半身的近照，或许拍摄于巴黎，厚黑过耳短发，流海稳妥梳开，金框眼镜，身着暗色大衣，仿佛正在逐渐迈向成人世界的边缘，仍感到跻身的疼痛，镜片后的眼神眺望远方。二十六岁最后身影。

一九九六、九七、九八年，是同志运动风起云涌的美好时代，是"那些花儿们奔挤簇拥，争奇斗艳，众声喧哗的现场"，我常纳闷或怀疑邱妙津就在场，在那彩色人龙里，数十人或数百人，从她生前就读的台湾大学正门口出发，一次又一次地上街游行，那时活动强调的是"现声／身就是力量",都还不是后来真正如嘉年华的数万人同志大游行,而是像打游击战,是由各地的学校与民间社团组成,以抗议各种"歧视事件"组织成的游行,学生们自发组织读书会,办演讲,搞座谈,那时大家会拼命翻译、设法出版欧美超前二十年的性别运动理论,各种影展里凡与同志相关的电影都引发热烈讨论,学生或创作者或评论家群聚,我曾参与或旁观过许多次。那时,台湾社会各界涌动着一股蓄势待发的气氛,处在一种"战斗状态",上街的人们仍犹豫在"曝光""现身"的各种复杂压力与思维里,有人会选择戴上嘉年华的面具,无论是塑料制只露出眼洞如《歌剧魅影》的纯白全脸面具,或者威尼斯风格只强调眼睛部分,手拿或头戴,蝴蝶形状,饰以羽毛、水钻、珠串、彩绘的半脸面具。

那些年我常巡回各地大学校园演讲,参与各种正式成立或私下聚会的社团活动,在无数次演讲座谈会上,谈论我自己的小说或者,关于酷儿与同志。我们讨论着"性别认同""T婆问题""出柜与否""同志人权",一场又一场的活动里,从性别政治、身份认同、情欲流动,讨论到家庭处境、社会位置,台下总是坐着与我年纪相仿的大学生或研究生,大家的言谈之间还充满我一知半解的名词与术语。我是个乡下女孩,小说里描绘的女同志情欲多半出于幻想,我甚至是在《恶女书》出版后才正式交往了第一个女朋友,我的身份认同,对同志世界的理解,其实是透过一次又一次的"现场演习"所得。那时我常想,如果邱妙津还活着呢?就差了一年不到啊,她预言般写出的那些问题,透过"鳄鱼"这一形象清晰传达的同志处境的艰难与苦谬,仿佛该是她坐在那些演讲台上热烈地与台下的学生讨论,我想她会比我更懂得那些外文翻译来的名词,更懂得那些需要大量时间消化的文化背景,而且,她才是真正创造了"拉子""鳄鱼"这些深刻影响女同志文化,并且使它们直接变成"新名词"的人。她的作品被大家传颂、引用、讨论、研究,她的生平、事迹甚至她阅读欣赏的小说、作家、电影导演,所有一切都成为女同志世界里一座无论在何处都可以眺望的高山,成为那一代文艺青年效仿参照的对象,甚至有人直接就说,"邱妙津是我的神"。一九九七年,在一个同志团体举办的"同志梦幻情人票选活动"中,她甚至打败了所有还在世的影视明星,得到票选第一名。

但她从来不是我的神,而更像是一名未曾谋面的同伴,尽管我们并不相识。她从不知道我。

真正触动我的,一直不是邱妙津的读者反复追颂的那些"圣徒的事迹""爱的箴言",而是她留下的"追问"。《蒙马特遗书》是一本"遗书",却成了活着的青年们心中的"经典",一本悲伤至极的爱的"圣经",她企图以死亡封印住的是一份"黄金盟誓""永恒之爱",但能够以"死"封箴至爱吗?那空缺的三书,"黑暗的结婚时代""甜蜜的恋爱时代""金黄的盟誓时代",像三个巨大的问号,留给读者的不只是揣测真相的悬念,更像是对自己终极的追问。

当时啊,我们都还不懂得爱情的凶险困难,当时,年少的我们,光仅只是理解自己是如何的一种存在，为何总与世界格格不入，我们的爱欲对象、身体形状、性别气质似乎仍在浮动且朦胧变化着，但我们已经感受到爱的疼痛与其巨大的影响，太多太多疑问在我们心中，无论作为一个拉子，或一个创作者，或仅仅是一个正在"爱"的个体，这一切都太复杂太艰难了。

然而究竟是怎么回事？是怎样的爱情必须以死来保存的，邱妙津死亡之前所看见的究竟是如何的最后风景？"死亡"这件事真实地发生了，无论书中或人们口中如何描绘历历，我如何在阅读过程里几度感觉到"这次她真的会死"，那如缠遂不去的鬼魅漂浮在整本书的无论欢喜悲伤愤怒的每一段落里，随着年岁增长，偶尔翻开，我仍会为作为一个阅读者你亲眼看见了那无可挽救的结局仿佛在开头已经预言而悲愤。死亡是什么？那从百花盛开的草原越过，是一片荒漠，然后，是尽头了，一切无法挽回，时间静止了，你喊她，她越过尽头的尽头，那里有什么，她没有回答。她选择的路径，后人无法从这本遗书里完整追溯。

如今我四十二岁了，那繁花盛放，痛并快乐着充满斗志运动的美好时代已经随着社会氛围变迁，进入了更为繁复的"后同志运动时代"，邱妙津永远停留在二十六岁，而我们活下来的人逐渐老去。死者永远年轻，生者持续思索，邱妙津追随者众，但就我所知鲜少人因此效尤，走向死境，人们思索着她提出关于爱的各种追问，继续活着。

我时常想象倘若她活到了现在，亲眼目睹了她笔下的拉子、鳄鱼蜕去乔装，大步上街，看见那曾经"充满伤害的世界"一年一年爆炸性的变化，我不确知这逐渐演变的世界是否会使她感到舒适，是否会是她喜爱而选择继续活下去的世界。邱妙津短暂的生命充满火山般的魔力与烟花的灿烂，但我以中年的心智再度重读《蒙马特遗书》，过程里我想起一九九八年冬天在香港第二届的华人同志交流大会，来自世界各地的几百名男女同志以各种困难曲折的交通方式到达香港，群聚在大屿山的一个青年活动中心，五天四夜的活动，密密麻麻的座谈会与演讲。第一天的晚会上，有个贵州来的阿姨（她大约就是我现在的年龄）举手发言，她几乎是颤抖着以含泪的声音激动而口齿不清地说话，说她如何辗转得知活动，如何凑足旅费，隐瞒家人，排除万难，历经长途跋涉来到此地，"看见大家，我非常感动"，她泣不成声。我想她没有读过邱妙津的作品，也没有看过我写的任何一行字，但我看见她，穿着陈旧的衣服，就像是从某一农村里走出来的大婶。当年我没有能理解她言语中的激动，而今回想，那个简陋的活动中心，想必就是她眼中的乌托邦，而她那跋涉万里追寻同伴的动作，充满了生命力。

人们崇拜一个死者，并由此得到生的力量，无论对于作者或读者而言，这是意义非凡的作品，"有如此的灵魂存在，世界真美，我更舍不得死了。"但愿这会是大家读完《蒙马特遗书》的赞叹。

译名表[*]

人名

艾可：埃科

安哲罗浦洛斯：安哲罗普洛斯

博格曼：伯格曼

波赫士：博尔赫斯

楚浮：特吕弗

梵谷：凡·高

费兹杰罗：菲茨杰拉德

弗罗伊德：弗洛伊德

盖次壁：盖茨比

高达：戈达尔

葛拉斯：格拉斯

---

[*] 为尊重原作，本书保留台湾译名和外文名。对照表前为本书译名或外文名，后为大陆通译名。

海德格：海德格尔

寒波：兰波

莒哈丝：杜拉斯

卡谬：加缪

拉格维斯特：拉格维斯

雷奈：雷乃

鲁佛：鲁尔福

鲁西迪：拉什迪

马奎斯：马尔克斯

玛莉亚：玛利亚

纳博可夫：纳博科夫

齐克果：克尔凯郭尔

齐士劳斯基：基耶斯洛夫斯基

惹内：热内

沙特：萨特

塔科夫斯基：塔可夫斯基

魏尔仑：魏尔伦

雅哥塔·克里斯托弗：雅歌塔·克里斯多夫

叶慈：叶芝

伊冈·席勒：埃贡·席勒

Dan Fogelberg：丹·佛格伯

Don Mclean：唐·麦克莱恩

书名、电影名

《百年孤寂》:《百年孤独》

《大亨小传》:《了不起的盖茨比》

《哈札尔辞典》:《哈扎尔辞典》

《坏痞子》:《坏血》

《环墟》:《环形废墟》

《魔鬼诗篇》:《撒旦诗篇》

《歧路花园》:《小径分岔的花园》

《屈辱》:《耻》

《声音与愤怒》:《喧哗与骚动》

《他人之脸》:《他人的脸》

《心镜》:《心》

《薛西弗斯的神话》:《西西弗斯的神话》

《异乡人》:《局外人》

《忧郁贝蒂》:《巴黎野玫瑰》

《最后一个摩西人》:《摩尔人的最后叹息》

地名

百慕达:百慕大

马康多镇:马孔多镇

图书在版编目(CIP)数据

鳄鱼手记 / 邱妙津著. — 北京：北京日报出版社, 2021.7（2021.8 重印）
ISBN 978-7-5477-3952-5

Ⅰ.①鳄… Ⅱ.①邱… Ⅲ.①长篇小说-中国-当代 Ⅳ.① I247.5

中国版本图书馆 CIP 数据核字 (2021) 第 067065 号

责任编辑：史　琴
助理编辑：秦　姚
特约编辑：黄盼盼
装帧设计：永真急制 Workshop
内文制作：李丹华

出版发行：北京日报出版社
地　　址：北京市东城区东单三条 8-16 号东方广场东配楼四层
邮　　编：100005
电　　话：发行部：（010）65255876
　　　　　总编室：（010）65252135
印　　刷：山东韵杰文化科技有限公司
经　　销：各地新华书店
版　　次：2021 年 7 月第 1 版
　　　　　2021 年 8 月第 2 次印刷
开　　本：880 毫米 × 1230 毫米　1/32
印　　张：8.875
字　　数：175 千字
定　　价：56.00 元

版权所有，侵权必究，未经许可，不得转载

如发现印装质量问题，影响阅读，请与印刷厂联系调换